K
青の事件簿 上

宮沢龍生
(GoRA)

Illustration
鈴木次郎

講談社BOX

contents

ブックデザイン＝坂野公一（welle design）

プロローグ　『――』の存在

小学生の頃はひどく存在感のない子供だった。

点呼に数え忘れられることなどしょっちゅうだった。遠足の時、バスに置いてけぼりにされ、二時間ほど経って戻ってきた担任教師に平謝りされた。

別になんとかなるだろうとベンチに座り、ぼんやりと空を眺めていただけだから、特に心細くもなんともなかった。そんな旨を笑いながら伝えてくる彼を大事にならなくてよかったと安《あん》堵《ど》しつつも、担任教師は心配になったりした。

中学の頃はバスケ部に所属したがただの一度も試合に出ることはなかった。致命的に身長と運動神経が足らなかったのだ。後年、彼の特徴となる見事な太鼓《たいこ》腹《ばら》は既にこの頃からゆっくりと熟成を始めていた。

高校時代は将棋部に入り、図書委員に所属していたが、どちらでも大した実績を残すこともなく引退した。

どの活動も主体的に選んだわけではなく、たまたま勧誘されたり、たまたま指名されただけで、自分から〝そうしよう〟とか〝そうなろう〟と行動したことはただの一度もなかった。平凡で目立たない、年齢の割におっさんじみた少年、というのが学校生活における彼の立ち位置だった。

大学受験は担任教師が学力テストを見て〝これくらいなら無難じゃないか?〟というところを第一志望にして特に波乱もなく合格した。

学部は親のすすめで経済学部。

サークル活動はオリエンテーション初日、最初に声をかけてきてくれた演劇同好会に入ることにした。

この頃、彼の人生において特筆すべき超一大事が起こった。

それは後年、彼の妻となる女性と演劇同好会で知り合ったのが引き金になった。

彼女は狭い同好会だけでなく、学部内、いや、大学全体を通して評判の美人だった。清楚《せいそ》な顔立ちに古風な黒髪。たおやかな物腰に華奢《きゃしゃ》な身体《からだ》つき。ミス・キャンパスに何度も推薦《すいせん》されていたが、それを慎み深さと恥じらい故に固辞《こじ》していた。

当然、彼女を口説き落とそうとあまたの男たちがアプローチを仕掛けていたが、彼女は片《かた》っ端《ぱし》からそれを断り続けていた。

彼は一目で彼女に惚《ほ》れ込《こ》んだ。雷に打たれた、という形容があるが、彼の身体はまさしくその時、激しく震え、痙攣した。

恋に落ちる切なさとときめき。それが何百倍にも濃縮した感覚が突然、訪れたのである。もちろん初恋だった。

彼の神経伝達回路は一瞬で飽和した。

焼き切れそうになるくらいめちゃくちゃに密度の高い興奮。脳下垂体から様々なホルモンがどばどばと放出された。

そしてその瞬間、医学的に小さな奇跡が起こった。彼に物心がついたのである。

普通の人間なら幼稚園から小学生にかけて起こっているはずの精神的な成長。それが〝一目惚れ〟の作用によって一気に成し遂げられた。

二十歳にして自己を意識し、他者を認識し、社会の構図というものを把握するに至ったのだ。遅すぎるくらい遅い成熟。彼は一種の〝異形〟であり、言い方を換えれば〝天才〟だった。その結果、それまで曖昧《あいまい》模糊《もこ》として不活性だった彼の自我は初めて主体的な一つの形を取るようになった。

生まれて初めて持った主体性。

彼が望んだのは彼女との〝結婚〟だった。

〝お付き合い〟など生やさしい関係ではない。彼女の全てが欲しいと望んだ。それはまるで井戸の底に住むカエルが空に浮かぶ綺麗《きれい》な月を手に入れようとする行為に似ていた。だが、このカエルはまず井戸の底から這《は》い出《だ》すことを選んだ。

まずありとあらゆる本を読んだ。次に相手の情報を徹底的に収集し、分析し尽くした。考えた。知恵熱を出すほど、様々なアプローチから自分が彼女を手に入れる方法について模索した。

まず自分を客観視する。すぐに世間的な評価では多大なハンディキャップを抱えていることを知った。

突き出た腹。小柄な身体。冴《さ》えない顔の造作《ぞうさく》。特にがっかりもしなかった。女性全般から好かれる必要はない。

彼女にさえ好いて貰えればよい。

これで彼女が外観を極度に重視する性格だったら彼は即詰みしていただろう。いや、その場合でも彼は金銭を貯め、全身整形手術を行っていたかもしれない。だが、幸いにも彼女にその傾向はなかった。

むしろ整った顔立ちの男性を苦手にしている気配さえあった。

彼は外見を捨てた。

内面を磨く戦略を取る。彼女にピアノの趣味があることを知り、半年間の超人的な特訓の末、ギターでアンサンブルできるようになった。彼女の好きな小説家を知り、その趣味に合う作風の作家を調べ、読みあさり、買いそろえ、彼女に貸し出せるようになった。彼女は脚本家を志望して演劇同好会に入っていたが、その脚本の良さを最大限生かせる演出家になるべくワークショップに通い、演劇理論を徹底的に学んだ。化け物じみた執念とタフな精神力。桁外《けたはず》れの集中力。恐るべき知性。

三日間寝なくても平気な体力。磨きに磨いた社交性。巧みな話術。自らの風貌を上手《うま》く生かしたオシャレ。

清潔感を重視した服装。滑稽ぎりぎりの、愛嬌《あいきょう》のある身のこなし。

勘の良さ。

当たりの柔らかさ。

それらを全てたった二年で身につけていった。

やがて男女問わない人脈、人望を得て、気がつけば同好会の首席演出家兼会長になっていた。

それらは全てたった一人の女性のため。

その頃には二人で遊びに出かけるくらいにまで距離を詰めていた。そして彼はある日、彼女が男性に対して深いトラウマを抱いていることを知った。

とある事件。

近寄ってくる男性全てを拒絶していたのはそれが理由だったのだ。彼は全てを包み込み、彼女も彼に心をゆだねた。

それは決して平易な道ではなかったが、彼の情熱、スキル、魂、そして彼女への絶大な愛情がそれを可能にした。やがて二人は大学を卒業すると同時に籍を入れた。

結婚後、彼はやるべきことを見失った。家でぷらぷらとするようになる。彼女が働きに出て彼はそのヒモのような存在になった。

一通り家事をやり終えると日がな一日、ぽけっと空を見上げる日々が続いた。そうして彼女が仕事から戻ると笑みを浮かべてみせる。まるで先生の点呼から漏れて置いてけぼりをくらい、ベンチにずっと座っていた子供の頃に戻ったかのようだった。

正直なところ家計は全く楽ではなかったが、彼女は忍耐強く無職の夫を見守っていた。

桁外れの大器がある日、怒濤《どとう》のように形を成す瞬間を待って。

彼女には確信があったのだ。

そして二度目の覚醒《かくせい》が訪れた。

それはとあるビジネス誌に掲載されていた大富豪のインタビュー記事だった。いかにして自分が成功したか、そして成功した結果、いったいどのような生活を手に入れたか、を赤裸々に語っていた。それを立ち読みしている最中、震えが止まらなくなった。全身の細胞に再び活力が漲《みなぎ》り始めていくのを感じた。俺もこうなりたい、と思った。

贅沢《ぜいたく》をしたい。

妻に思いっきり贅沢をさせたい。

美味《うま》いモノを食べたい。

妻に食べさせてやりたい。

色々なモノが欲しい。

妻に色々なモノを買ってやりたい。

この世の全てを自分と妻で楽しんでみたい。

ポケットに入っていた有り金をはたいてビジネス誌を買って帰り、彼は自分の妻に向かってこう宣言した。

〝私は億万長者になってみようと思う〟

彼女は穏やかに笑って頷《うなず》いた。

〝ええ、あなたならきっとなれるわ〟

狙いは株式の投資。

彼はその日のうちに過酷だがもっとも割の良い日払いの仕事にありつき、常人離れした体力で連日稼ぎ始めた。もどかしく狂おしい気持ちに突き動かされ、そのうち昼だけでなく、夜もバイトをするようになった。実際、楽しくて楽しくて仕方なかった。

目標があることの楽しさ！

睡眠時間なんて三時間で全く事足りた。早く。

もっと早く投資を開始するための軍資金が欲しかった。そしてそれと並行してありとあらゆる理論を学んだ。本で、ネットで、あるいは投資家のセミナーに通って。

目安にしていた百万円はたちまち貯まった。彼は意気揚々とデイトレードに手を出し、そして——。

二週間を待たずに無一文になった。

三百万円まで増えた銀行口座はとある南米の小国が起こしたデフォルトが引き金になってほとんどゼロに戻った。

彼は一日、ぽかんとしていた。それから夕方には笑い出し、その夜から再びがむしゃらに働き出した。百万円は前回よりも早く手に入れた。気がはやっていた。やっぱり楽しくて仕方なかった。

大好きな妻が近くにいる。しゃにむにになれる目標がある。肉体的な疲労は苦ではなかった。

彼はそんなことをその後、三回繰り返した。

一千万円近くまで収益を伸ばし、また限りなくゼロに近づく。そしてその度に〝慎重さ〟や〝老獪《ろうかい》さ〟や〝計算高さ〟を手に入れていった。

三年後。

彼の預金口座は一億円の大台を突破していた。さらに五年後、十億円。十年後、五十億円。気がつけば彼は社会的には〝ひとかどの富豪〟と目される人物になっていた。好きな時に好きなモノを食べ、好きな時に好きな場所に行け、その頃には四人に増えていた自分の家族にどんな贅沢でもさせてやれるようになった。

ただ彼の妻は生まれた子供二人の教育と将来を考え、普段の生活は贅沢どころか質素に近い水準をずっと維持し続けていた。

まだ自分たちの人生に一波乱も二波乱もある、と読んでいたのだ。

そして案の定、彼はまた目標を見失ってしまった。今度はかなり深刻だった。彼は一切の営利活動を止め、超高級マンションの最上階に構えた自宅から日がな一日空ばかり見ているようになった。理由は簡単だ。

飽きてしまったのだ。

妻や子供たちを連れて色々なところに行ってみた。美食もした。素晴らしい服を買い、家具を購入し、高級な外車を何台もガレージに揃《そろ》え、ハワイと軽井沢に別荘を建て、果てはクルーザーや小型の自家用ジェットまで手に入れた。

でも、面白くなかった。

正確に言うと最初は楽しかったのだが、すぐに空しさが襲ってくるようになったのだ。

期待が高かった分、落胆も激しく、強烈だった。

彼の精神は人の何十倍も強い振幅《しんぷく》で上がり下がりし、常人ではあり得ないほどの感受性をその年で維持していた。

狂っているとも、天才的とも言える資質だ。停滞し、沈降した彼の精神はしかし、半年ほどでまた次の目標を見つけることができた。

きっかけは海外で起こった大きな地震を報じるニュース番組だった。

抜け殻のように怠惰《たいだ》で無気力な生活をしていた彼はその映像の中でボランティア活動家たちが懸命に救援作業を行っているのを見て、人生三度目の魂を震わすような感銘を受けた。そうか。人生はお金だけじゃやりがいを感じることはできない、とまるで無垢《むく》な子供のようなことを真剣に思った。

彼はニュース番組を見終わったその足で妻のところに向かった。こう宣言する。

〝私は世界一の慈善事業家になろうと思う〟

妻は目を細め、深く頷いた。

〝良いと思うわ。あなたならきっとなれる〟

それから彼はまた動き出した。試行錯誤。人を集め、人に裏切られ、それでも動き、得がたい同志をどんどんと増やし、いつしか世界のあちらこちらの人間から信望を得るようになった。お金を出し、資金的に枯渇し、住んでいるマンションやクルーザー、車、別荘などは全て売り払って活動資金に充てた。

その過程で慈善事業を維持していくには自らがある程度、富裕である必要性を感じ取り、金《かね》儲《もう》けに奔走《ほんそう》していた時ほどではないが、それなりの資産を再び稼ぎ出し、組織を作り上げ、ネットワークを広げていった。

一方、彼の妻はそんな彼の活動からは賢く、上手に距離をとって郊外に建てた一軒家で立派に二人の子供を育て上げていた。そして彼女の夫が家に帰ってくる度にその活動経過の報告を笑顔で聞き入った。

十年で彼は世界的に有数の〝慈善事業家〟としての評価を得た。だが、そこでもまた彼は行き詰まりを覚えた。

理由は簡単で組織が大きくなりすぎたのである。

当然だが、彼一人で行えることなどたかがしれているので、彼は恒久的に様々な人道的援助を行える普遍性の高いＮＰＯを幾つも育て上げた。そしてそれら全てを軌道に乗せていったのったのである。

だが、逆にそれ故、〝彼〟という特異的な個性をその慈善団体が段々と必要としなくなってい

慈善事業家としては大成功だが、彼個人としては活動を始めたての頃の心躍るような状態からはどうしても遠ざかってしまった。今度は自分の成し遂げた仕事に社会的な意義や手応えも感じ取っていたので、落ち込みや気鬱はなかったが、〝やりがい〟はもうどうしても見いだせなくなっていた。

現在、それなりの資産はあり、子供たちは成人し、愛する妻もいる。そこで彼は全ての積極的な社会活動から身を引き、読書と散歩を生きがいに日々、過ごすようになった。狂おしいほどの情熱を燃やしてきた今までの人生とはだいぶ異なってはいたが、これはこれで悪くないかもしれない。そんなことを考え、心穏やかな境地になりかけていた彼はしかし、程なく生涯四度目の衝撃的邂逅《かいこう》を果たすことになった。

それは妻と二人、都心部で〝ストレイン〟と呼ばれる異常能力者たちが引き起こした犯罪に巻き込まれた時だった。

そこに現れた一人の男に彼は魅入られた。

すらりと背の高い、知的な顔立ち。眼鏡の奥には鋭利な意思の光が宿っていた。男はその圧倒的な力を振るってたちまち場を鎮圧してしまった。背筋を伸ばした堂々たる態度は身体中、

身震いが走るほどに美しかった。

青い服を着た〈王〉、宗像礼司《むなかたれいし》。

混乱から数日、ストレインのことも〈王〉のことも徹底的に調べ上げた彼は興奮のあまり語尾を震わせながら愛する妻に語りかけた。

〝私は決めたよ〟

久方ぶりに身体中に気力が漲っている。

〝私は王というものになってみようと思う〟

妻は優しく、柔らかく、そして妖《あや》しくこう答えた。

ええ。あなたならきっとなれるわ——。

第一章　大義を護《まも》る人たち

セプター4《フォー》。

この日の本《ひのもと》でドレスデン石盤により力を得た異能者たちが引き起こす犯罪や騒乱事件を一手に解決するための組織である。東京法務局戸籍課第四分室という表向きの隠《かく》れ蓑《みの》を持つその集団は宗像礼司という長を頂点に抱き、規律正しく、活力に溢《あふ》れ、日々、治安維持の任務に当たっていた。〝青の王〟である宗像礼司はもちろん、副長である淡島世理《あわしませり》、遊軍的な活動を主に行っている伏見猿比古《ふしみさるひこ》など有為の人材が多く、その活躍は決してきらびやかに喧伝《けんでん》される類《たぐ》いのものではなかったが、この国の平和を護る重要なカナメの一つと言っても過言ではなかった。

そしてその実動を担うのが平均年齢二十代前半の若者たちで形成された〝特務隊〟と呼称される精鋭部隊だった。

彼らは弛《たゆ》まぬ訓練によって身につけた剣技と〝青の王〟宗像礼司によって目覚めさせられた異能の力を使って様々な犯罪を鎮圧する任務を負っていた。

それぞれが清新な気風に満ちた、逞《たくま》しくも眉目秀麗《びもくしゅうれい》な青年たちである。宗像礼司の号令があればいかなる難敵にも立ち向かう気概を持ち、この国の〝秩序〟を維持する、という高潔な志をその胸に抱いていた。

彼らを評して宗像礼司は、

〝働き者ばかりでなによりです〟

そう語っていた。

そんなセプター4の特務隊隊員たちは今日もまた多忙で濃密な時間を過ごしている――。

「え？　〝図書館〟から〝E文書〟が盗まれた？」

日高暁《ひだかあきら》は思わずそう叫んでしまい、前に座っていた榎本竜哉《えのもとたつや》に小さな声で叱責《しっせき》された。

「しー。日高、声が大きいよ」

険しい表情で榎本はそう言って唇の前に指を一本、立てた。彼は慎重な態度でそっと周囲の様子を窺《うかが》い、自分たちに誰も注視していないことを確認すると、

「それに盗まれた、とは誰も言ってない。過失による紛失の線からも捜査中」

渋い顔でそう付け加えた。腕を組む。

「捜査中って」

日高は戸惑っている。

彼らが今いるのはセプター4の隊員たちが暮らす宿舎内の食堂だった。一仕事終え、遅い昼食を取っている最中で、他にも数名ほど少し離れた席に散らばっている。

そこへもう一人、別の特務隊隊員が近づいてきて、日高と榎本と同じテーブルに着席した。お盆には今日のAメニュー『きつねうどん』が載っている。

彼はまず割り箸をぱちっと割って麵を一すすりしてから、

「榎本から事情は聞いたか、日高？」

そう日高に向かって聞いてきた。周りに話の内容を聞き取られないよう低く抑えているが、語調は鋭かった。

彼、布施《ふせ》大輝《だいき》は榎本と同様、この不測の事態をかなり重く受け止めているようだった。

「ああ。でも、まだぴんと来ないんだけど……そうだ。最後に〝閲覧〟したのは？　エノは記録を取っているんだろ？」

「取っているよ。利用ＩＤ04番が最終閲覧者」

「だったら」

「だけど、その該当者《がいとうしゃ》はすぐに返却している。僕も確認したし、ちゃんと管理ノートにも記録が残っている」

「――」

日高は困惑の度合いを強めた。それからちょっと考えて、

「他の〝メンバー〟には確認を取ったのか？」

その問いに榎本と布施が同時に首を振った。

「いや、今のところこの情報を明かしたのはおまえとその利用ＩＤ04番だけだ。なにしろ事態が事態だからな。余計な動揺を〝メンバー〟に与えたくはねー」

そう布施が言う。

榎本は眼鏡をかけた黒髪の優しい風貌をしていて、布施は明るい頭髪に鋭い目つきをしている。榎本はマニアックな趣味を多数持つオタク気質の持ち主で、布施はどちらかというと広く浅く物事に関心を持つタイプである。

そんな正反対の気質の二人が同室でそれなりに仲良く生活をしているのだから面白い関係性と言えば面白い関係性だった。

また二人は〝図書館〟の共同管理者でもあった。

「今、〝メンバー〟は何人いるんだ？」

その問いに、

「──その質問は〝図書館〟の秘密保持規定に抵触する」

「悪いな。俺たちには職務上の守秘義務というものがある」

榎本と布施はにべもなくそう答えた。日高は鼻白む。

「って、そんなご大層な」

そう日高が言いかける前に、

「僕、指紋採取キットで現場の鑑識を行おうと思うんだ」

「良いアイデアだな。なら、俺は周辺で聞き込みをやって俺たちの部屋に侵入した者がいないか確かめよう。未確認だが世理ちゃんが〝図書館〟と〝E文書〟について調査を始めた、という情報がある。やべえよな」

「なるほど。それは由々しき事態だね。最悪、〝図書館〟の閉鎖も視野に入れて行動しよう。〝E文書〟を白日の下に晒《さら》すわけにはいかないからね。何人もの紳士たちの名誉がかかっているんだ」

二人は真剣な顔で色々と討議を始めた。日高は薄目でずずっとBメニューについていた味噌《みそ》汁《しる》を啜《すす》る。最初はびっくりしたけれど段々とアホらしくなってきたのだ。

（この二人、なんか仕事の時よりイキイキしてないか？）

彼らが深刻な顔で懸念しているのは、もの凄《すご》く赤裸々に言うと仲間内で共同出資して購入し保管しているえっちな本のことなのである。

色々とバラエティに富んだえっちな本は〝E文書〟。

それらを保管してある隠し戸棚を〝図書館〟。

共同出資した〝特務隊〟の仲間を〝メンバー〟と呼んでいる。

ただそれだけのことなのだ。

そして日高はふいに気がついた。

(あ、エノも布施も単に事態を面白がってるだけだな)

えっちな本がなくなった状況をさながら外交機密文書でも盗まれたかのように振る舞って遊んでいるだけなのだ。

それが分かったとたんさらにアホらしさは増して日高はトレイを手に持つとテーブルから離れた。布施と榎本はそれに気がつかず、今後の〝図書館〟をどう運営していくかで熱い議論を戦わせている。

(でも)

食べ終わった食器が置かれたトレイを食器返却棚に運びながら日高は思った。

(なんとなくノリで出資していただけなんだけど、本がなくなっちゃったのはやっぱり少し寂しいかな)

榎本と布施の部屋で読みかけていたえっちな本。表紙に載っていた巨乳な女の子が割と好みのタイプだった。

（あれの続きはできれば読んでみたかった――）

そこまで考え、日高は赤面した。

「男の人って基本、アホですよね？」

いきなり核心を突いた発言を吉野弥生《よしのやよい》がした。タンクトップと短パンという姿でチェストプレスと呼ばれるトレーニング器具を使用していた淡島は、

「ん？　なにか言った？」

動きを止めて吉野の方に視線を向けた。艶《つや》やかな肌に玉のような汗が浮かんでいる。驚くほどにメリハリの利いた肢体だ。足はすらりと長く、ウエストはきゅっと締まり、胸は誰もが感嘆するほど豊満である。

同性の吉野ですら時折、目のやり場に困るくらい完璧なスタイル。それをセプター4の副長、淡島世理は無頓着に周囲に晒している。

一方、吉野の方は高校時代から使用しているえんじ色のジャージを着ていた。大きな眼鏡に素朴な顔立ちをした庶務課の事務員である。二人とも非番なので宿舎内にあるトレーニング室

で一汗かいているところだった。

「ほら、さっき淡島さんが言っていた件ですよ」

吉野からそう言われて、

「――ああ、例の〝図書館〟と〝E文書〟ね」

しばし考えてから淡島が苦笑した。

「なにかあまりにも仰々《ぎょうぎょう》しい単語を使用しているので気になって探りを入れてみたのだけど実際は、ね」

ただのえっちな本の共同管理。淡島は近くのパイプにかかっていたハンドタオルで頬を拭きながら、

「だから、それ以上、突っつくのを止めておいたわ。かわいそうだしね」

吉野がはあ、と溜《た》め息《いき》をついた。

「ちょっと幻滅したのは事実です。特務隊の人たちってみんな割と硬派なイメージがあったから」

「……吉野さん」

淡島は微笑《ほほえ》んだ。

「男には適度に逃げ道を作ってやった方がいいのよ。彼らには私たちがその内容を知っている

ことを知らせる必要もない。男同士、女には言えない秘密も作りたいのでしょう。それが連帯にも繫《つな》がっている。決して悪いことばかりじゃないわ」

「――」

吉野は少し眩《まぶ》しそうに自分の先輩を見つめた。

「淡島さんって大人ですよね？」

「私が？　大人？」

淡島はきょとんとしてから、

「いいえ。私は自分が成熟しているとはあまり思っていないわ。まだまだ未熟なことばかりよ」

柔らかく静かに首を振った。吉野が少し冗談めかした態度で、唇を尖《とが》らせる。

「そういうところが大人なのだと思います。本当にまだまだ未熟な私からすると」

そうして女性同士、顔を見合わせ、軽く笑いあった。雰囲気が軟化し、

「でも、子供っぽいと言えば確かに子供っぽいわね。男は中学生くらいから行動原理が変わらないのかしら？」

そんな淡島の一言に、

「秋山《あきやま》さんや弁財《べんざい》さん、加茂《かも》さんたちは参加してないといいんですけどね。あの人たちはそういうイメージじゃないし」

吉野は己の願望を述べた。淡島は少し笑ってから、

「その三人は多分、本当に参加してないでしょう。加茂に至っては子供までいるわけだし」

「善条《ぜんじょう》さんは」

「百パーセントないわね」

淡島が間髪入れずに断じた。善条剛毅《ごうき》。隻腕《せきわん》で剣術の達人、今は資料室に勤務している無骨な男がそんな男子校じみたノリに荷担するとは思えない。

ふと吉野が顎《あご》に指を当てる。

「あの、淡島さん」

「なに？」

「ちょっと変なことを聞いてもいいですか？」

悪戯《いたずら》っぽくもある表情で吉野は淡島に尋ねた。

「室長はどうなのでしょう？　そういう——ちょっとえっちな本を読んだりするのでしょうか？」

淡島は明らかに言葉に詰まっていた。吉野は続ける。

「普通の男の人でしたら、女性の裸とかに興味はあると思うのですけど。でも、室長だから。どうなのでしょう？」

上目遣いで淡島を見る。

「――」

淡島は強《こわ》ばった笑いを浮かべたまましばし考えた。それからふっと息をつき、

「今までそんなこと考えたこともなかったわ。でも、そうね」

首を振る。

「私はこう思う。室長が今までの人生でただの一度もそういった類いの本を読んだことがなくても、あるいは逆に部屋に千冊の卑猥な本のコレクションがあっても私は決して驚かない。それだけは言えるかしら？」

今までで一番の苦笑いを浮かべ、宗像礼司の右腕たる副長、淡島世理はそう述べた。

「……大体なぜわざわざ本の形で保管しているんだ？」

車の運転をしながら秋山氷杜《ひもり》は呆《あき》れたように言った。

「今時はその手のモノも全て電子媒体だろう？」

「その手の業界について随分と詳しいじゃないか、秋山」

くすっと助手席に乗っていた弁財酉次郎《ゆうじろう》が笑った。二人は幾つかの案件を処理するために裁判所、財務省、国土交通省と順番に出向いて帰ってくる最中だった。

特務隊の中でも特にリーダー格である秋山、弁財は淡島や伏見などと並んでセプター4内で

も重要な職務を宗像から任されることが多かった。秋山はきりっとした風貌に生真面目《きまじめ》そうな雰囲気、弁財はそんな秋山よりも柔らかく、落ち着いた容貌をしていた。

両者ともセプター4以前に軍務についていたことがあり、他の学生上がりの隊員たちとは成熟度に一線を画していた。

「茶化すな、弁財」

秋山も苦笑する。〝図書館〟に関する顚末《てんまつ》が道明寺《どうみょうじ》から弁財に語られ、弁財が話の種に、と秋山に話して聞かせたのだった。

「それで道明寺はその会員だったわけだな？」

「まあ、当人は興味本位だったみたいだな」

秋山の問いに、弁財が答えた。

「〝えっちな本って珍しいから見てみたけど、あんま面白くないねー〟というのがあいつの弁だ」

「ヤツらしいな」

ふっと秋山が笑う。それから改めて、

「ところで本当になぜ電子媒体ではないんだ？」

問いを再提示した。

秋山とて木石《ぼくせき》ではないので、その手のモノも見たことがあるが、彼らの世代だとほとんど全て電子媒体だった。今時、そういうジャンルの本を探すとなると古本屋でも巡らなければならないかもしれない。

様々な情報に精通している榎本が企画者の一人にいるのなら本の入手先に困るようなことはないだろうが、購入も保管も電子媒体に比べて格段に面倒さが増すはずだった。

「それが」

ちょっとだけ弁財が困った顔をした。

「まあ、当人たちも半ばは酔狂からなんだろうが」

歯切れ悪く、

「室長がな。もしかしたら見ているかもしれないから、と」

ああ、と秋山が合点のいった声を出した。

〃青の王〃宗像礼司には幾つもの噂《うわさ》がある。曰《いわ》く一日一時間しか寝ない。いや、それどころか眠ることすらない。子供の頃あまりにも頭が良すぎてとある国の情報省からスカウトが来た。同じ形の眼鏡を二百個持っている。実は妻帯者だ。お酒を飲むと青のオーラがピンクに変わる。本当は青よりもピンクが好きだ。左の小指一本で逆立ちができる。実はあの眼鏡が本体で眼鏡を取ると性格が変わる。等々。

真実も多少は混じっているのだろうがほとんどは一人歩きしたデマや伝説ばかりのはずだ。そしてその中の一つに〝室長はその能力によりセプター4内で使用される全ての電子機器を居ながらにして掌握《しょうあく》している〟というものがある。

恐らくその洞察力と頭の回転の速さからそういったことがまことしやかに語られるようになったのだろうが——。

「なるほど、だから、紙の媒体にしたんだな」

宗像に見られないために。

「ばかばかしい」

秋山は苦笑し、肩をすくめる。

「緑のクランじゃあるまいし、室長にそのようなお力があるなど聞いたこともない。そもそも仮にそのようなことができたとしても室長はそこまでお暇ではない」

「全く同感だ。ただな」

弁財は運転する秋山をやや真面目な顔で見た。

「室長にはそのような噂がまことしやかに語られるなにかがあると思うよ。恐らく他の連中たちだって本気では思ってやしない。でも、そんなお力があっても決して不思議ではない、とは思っている。きっと室長ご自身に問いかけたところで否定も肯定もされまい」

「――」

秋山は考え込む表情になった。弁財はなにかを憚《はばか》るように声を落として言った。

「俺たちはこれだけ室長の下で働いていながらあの方がいったいどこで寝ているのか、あの人の寝室の場所すら知らないんだぞ？」

秋山は黙ってハンドルを切った。

二人の視界にセプター４の屯所が見えてくる。秋山の無言。それは〝消極的な同意〟であることを弁財は長い付き合いから知っていた。

「うっし！　これより第三回、室長の寝室探索を開始する！」

道明寺アンディはそう言って胸に抱えていた黒猫を頭上に掲げた。

「クロ隊員、準備はいいか！」

すると黒猫は、

「な」

と、

「ま」

の中間のような鳴き声を発し、道明寺の手から身をよじって逃げ出すと矢のように廊下を駆け、いなくなってしまった。

「——なんだ」

道明寺は黒猫がいなくなった方角を見つめてがっくりと肩を落とした。

「おまえも室長の部屋には特に興味ないってか」

日高、五島《ごとう》、布施、榎本に声をかけ〝どこにあるのだか分からない宗像室長の寝室を探す探検隊〟を結成したのが先月のことだった。それから二回、休みの度にセプター4の寮内から屯所、果ては近所にあるアパートを見て回る、などの探索を繰り返したが結局、宗像礼司の寝室らしき空間を見つけることはできなかった。

そして三回目の今回、付き合いの良い日高までもが逃げ出したので仕方なくセプター4の寮内で飼っている黒猫を連れて来たのだが——。

「いいさ。俺一人で行くから」

少しだけ寂しそうに、少しだけ拗《す》ねたようにそう言って道明寺は歩き出した。今、思えば最初の一回、榎本たちが付き合ってくれたのも別に本気で宗像の部屋を探そうというのではなく、単にわいわいと皆で散歩をするのが目的だった気がする。

宗像礼司は休息しない。

彼は決して眠りにつくことがない。

みんなたわいのないただのネタ話だと思っている。でも、道明寺は考える。

なーんか気になるんだよね？

自分でも上手く言葉にできない引っかかりを感じる。

そういう時、道明寺はふらふらと自分の直感に従って動くことにしている。〝光英流《こうえいりゅう》剣術道場〟の跡取りとして生まれ、幼少の頃から非凡な剣の才能を発揮してきた。彼の資質を師匠でもある父親はかつて、

『稽古で作った太刀筋《たちすじ》をないがしろにしている、というよりもあまりに最初から天稟《てんぴん》が勝ちすぎている。これで弱かったらきつく矯正するところだが、少なくとも私以上に剣の理合いを極める可能性は秘めている。おまえはそのままでいい』

そう語ったことがある。

道明寺はその父親からの忠言を正確に理解しているのかどうか定かではないが、以後、剣術の修行においてもさらにマイペースさを増すようになった。

努力を厭《いと》うのではない。

己の感覚に合致しない慣習や事柄はたとえそれにどんな権威があろうとはなから笑って相手にしないのだ。その涼やかな容姿と同様、彼には世俗を超えたような、軽やかで明るい華があった。それは彼特有の童子のような無邪気さから由来するものだったが、同時に一抹《いちまつ》の頼りな

さも人に感じさせた。

「えっと」

彼はふと歩みを止めて考え込んだ。

「そーいや、俺、どこの部屋まで調べたっけ？」

前回まで完全に段取りを日高たちに任せきっていた。

「ま、いいか。そのうち思い出すよな、多分」

幾分、自信がなさそうにそう呟《つぶや》いて道明寺はまた歩き出す。

端的に言うと彼は――。

少しアホだった。世間の基準では。


それとほぼ同じ頃、伏見猿比古は事務室で書類仕事を片付けていた。予算申請書や報告書、領収書、稟議書《りんぎしょ》などのデータをアナログの媒体とデジタルの媒体、両方で処理する習慣を伏見は密《ひそ》かに憎んでいた。

〝めんどくささが増すじゃねえか〟と彼は思っている。ただ聡明《そうめい》な彼は同時にセプター4のような特殊な機関はその業務内容故に全ての記録をデジタルデータのみで残すのはきわめて危険だということもよく承知していた。

ハードディスクに保存された記録はなんらかの形で消去される可能性も、〝不心得者《ハッカー》〟などによって改竄《かいざん》される危険性もある。

もっとも紙の媒体は燃えたり、破れたり、保管するスペースが不足したりする特性があるので、いずれ両方の脆弱《ぜいじゃく》性《せい》を上手く解決する媒体が開発されるまではアナログとデジタルの両方を併用していくのが最上とは言えないものの、最良のやり方なのだろう。

もっとも伏見はその嗜好《しこう》から電子機器上での処理を好んでいた。実際のところ、デジタルのデータ処理ならばその気になったら自室に引きこもっていても端末片手に全て行うことができた。今、事務室で報告書を前にペンを握っているのはセプター4の流儀に合わせているからに過ぎない。

これ見よがしに仕事をこなすのは彼の美学ではないので、別段、猛烈に手の動きが速いわけではないが、そうはいっても決して常人ではあり得ないペースで次々と書類を決裁していく。

そのうちふと彼の目線が止まった。

「あいつ」

ちっと舌打ちが漏れた。

そこには先日のストレインによる現金強奪事件に関する報告書、始末書、破損届の三点セットがあった。

「あのバカ。公式の文書で『どがーん』とか『ずぎゃぎゃ』とか擬音《ぎおん》を使うな、って何度言や分かるんだ！」

だんと小さく拳でテーブルを打ちつけたが、その語調は怒りより嘆きに近い。

「全く。チンパンジーに芸でも仕込んでいる気分だぜ。いや、チンパンジーの方がまだマシか。少なくとも目に見えた進展があるからな」

小声でぶつぶつ呟く。

ちらっと柱時計に目を向ける。彼はこれから宗像の代理として出張の予定があるのだ。向かう先はアメリカのロサンゼルス。飛行機の搭乗時刻、空港までの移動時間を考えるとそろそろ作業を切り上げ、荷造りに取りかからないと間に合わない。

このアホな書類を書いたバカを捕まえて書き直させる余裕はもうないだろう。

「仕方ねえ」

二週間ほど日本を留守にするのでできれば全ての些末《さまつ》な作業を終わらせておきたかったのだが——。

「日高辺りにでも言って処理させておくか」

伏見が溜め息交じりにそう呟き、書類の束を揃えてとんとんとテーブルでまとめたその時。

「あ、れ？」

がちゃっと……事務室の扉が開いて、伏見言うところの〝アホな書類を提出したバカ《道明寺》〟がひょっこりとそこに顔を出す。

さすがに伏見も驚いて目を丸くする。

（なんだ、こいつ？　考えていたらちょうど現れやがった。まさか自分で間違いに気がついて、殊勝《しゅしょう》にも出頭してきた、とかそんなんじゃねえだろうな？）

だが、そんなわけはなかった。道明寺はきょろきょろと辺りを見回すと、

「ここ、室長、寝てます？」

そんな意味の分からないことを聞いてきた。

「はあ？」

伏見はつい声を出す。道明寺はぽりぽりと頭を掻くと、

「そーですよね。いや、すいません。探すところ間違えました」

また首をすっと引っ込める。伏見はぽかんとしてそれを見送っていたが、

「いやいやまてまて。間違ってねえから。戻ってこい！」

そう言って立ち上がった。

なんとかとっ捕まえて書類を書き直させなければならない。

ところでその自由奔放ぶりからある種、天才枠に入れられることが多い道明寺であるが、その彼とひょっとしたら同じくらいの才能を持ちながら、その境遇と性格故にどちらかというと真面目な苦労人として扱われているのが加茂劉《りゅうほう》芳である。

彼の経歴はひときわ変わっている。

なにしろ元が板前なのである。

まだ特務隊が結成される以前、国防軍出身の秋山と初対面を果たした時、その前歴を思わず三度、真面目な顔で尋ね返された。恐らく秋山は自分の聞き違いだと考えたのだろう。なぜ板前が制服に身を包み、この国の治安を守る職務についているのか。

実はその件を一番、不思議がっているのが加茂本人だったりするのだ。

なぜ自分はこんなところで元軍人や道場の跡取りといった連中と共に働いているのか。

数奇、という言葉でまとめてしまうにはあまりに前職から飛躍がありすぎた。さらに言うと彼は特務隊の中で唯一の元既婚者だった。きっと何事もなければ彼は今でも板前としてつけ場に立っていただろう。

だが、諸事情あって妻と離婚し、娘と別れ、家と店を義理で引き受けた借金から取り上げられ、そして店を畳む日、ふらりと来店した宗像によってセプター4にスカウトされた。

宗像はあの時、

〝あなたはこれから寿司の代わりにサーベルを握り、店の看板の代わりに大義を掲げるのです〟

そんな私、上手いことを言った、みたいな少し得意げな顔をしていた。その態度が若干、胡《う》散臭《さんくさ》かったが、不思議と彼が嘘《うそ》を言っていないことだけは分かった。

それ以降、加茂は持ち前の真面目さを遺憾なく発揮して与えられた職務をこなしてきた。その甲斐《かい》あって借金も今はほとんど全て返し終えている。

ある種、驚くべきなのは軍隊でキャリアを積んだ秋山、弁財、物心ついた時から剣を握ってきた道明寺と並んで加茂が特務隊の前身である部隊の小隊長を務めていたことである。学生時代に多少、剣道をかじった程度だが、剣の達人、善条からは「先走らないように気をつけてやる必要があるが、ここ一番では役に立つ」という評価を得ている。

それだけ彼には資質があったのだ。

そしてまたそれを常に磨き続ける意思の力も。

今日も加茂は休憩時間を利用して道場で汗を流していた。

(板前の修業も剣の修行も一緒だ。いずれ違う地平が見えるまで、ただひたすらに握り込むしかない)

そんなだいぶ宗像に毒されたようなことを考えながら彼は竹刀《しない》の素振りをしていた。そこへひょっこりと特務隊隊員の一人で、日高と同室を割り当てられている五島蓮《ごとうれん》が現れる。

彼は手に腹話術の人形を持っていた。

「……〝道明寺君、ここかなあ？〟」

甲高い声で尋ねた。

加茂はまず柄を下にして竹刀を壁に立てかけ、手ぬぐいで汗をぬぐってからふうっと一息をつくと、

「いや、来てない」

そう答えた。それからようやく尋ねる。

「その、人形はなんだ？」

「ん。お散歩。五郎《ごろう》ちゃんがお散歩行きたいって言ったんだよね？ 〝うん、僕、お散歩大好き〟」

全く腹話術になっていない感じで五島が人形の口をぱくぱくさせる。加茂の額に先ほどとは少し性質の違う汗が浮かんだ。

「そうか」

どうしよう、と一瞬、思った。

五島がふいに笑って、

「そんな怖がんないでください。ちょっと練習しているだけだから。今度、日高に見せてやろうと思って」

「別に怖がってはいないが」

「でも、変なヤツだとは思っている？」

「まあ、な」

「んふふー」

加茂も思わず苦笑した。

「道明寺になんの用だ？」

すると五島は、

「道明寺さんから散歩に誘われていたから付き合おうと思ったんですけど、待ち合わせ場所にいなくて」

首を捻《ひね》って、

「ちょっと別のところを探してみますね。失礼しました」

そう言って人形にもぺこりとお辞儀をさせ、去っていった。加茂はその後ろ姿を見送っていたが、

「……変わった男が多いな」

改めてそう述懐《じゅっかい》した。小料理屋を経営していた時は一人だった。今は仲間たちと協力して仕事をこなしている。

料理を作って生計を立てることを全く諦めたわけではないが、これはこれで悪くないと思っている。今の境遇を加茂はかなり前向きに捉えていた。

「あともう一汗流すか」

そう呟いて素振りをするべく竹刀を立てかけておいた壁に向かった。

嫌がる道明寺をひっ捕まえ、報告書のやり直しをさせ、なんとか予定時刻ぎりぎりで出発することができた。

伏見猿比古はセプター4の敷地内を早足で歩きながらふと傍《かたわ》らの建物を見上げた。この二階に〝青の王〟、宗像礼司の執務室がある。

そういえば出立の挨拶《あいさつ》をせずに出てきてしまったが、よかったのだろうか。

それからふっと口元に苦笑を浮かべる。

考えてみたらあの上司と業務以外で話すことなど特にない。せいぜいが、

〝あんたが面倒がった仕事をこなしてきますよ〟

そんな嫌味を口にするくらいだ。だが、ある意味でこの人選は仕方ない部分があるのかもしれない。セプター4内で宗像並みに英語が堪能な人材がそもそも伏見くらいしかいないのだ。

淡島は日常会話には不自由はしないが、ツッコんだ政治的な交渉になるとやや心許《こころもと》ない。

(もっとも俺も読み書きはともかく英会話ってヤツは苦手なんだがな)

伏見にはそれ以上に気になることがあった。人の噂だが、赤のクラン、吠舞羅《ほむら》の幹部クラスたちが何人かアメリカへ行く、というのだ。

その理由も時期も全く知らない。

(まさかとは思うけどあいつもそのメンバーに入ってるんじゃないだろうな?)

伏見はかつてのクラスメート。

ルームメイト。

同じクランのメンバーだった目つきの鋭い少年のことを思い出す。

「ふ」

目に複雑な色合いの光が浮かぶ。

「まさかな」

異国の地に行けばさぞや取り乱すことだろう。外国人の女性に話しかけられ、慌てている青年の姿を想像して伏見は小さく肩を震わせた。

シンプルなデザインの旅行鞄《りょこうかばん》を肩に担ぎ直すとさらに足を速める。飛行機の時間に間に合うためにはもう少し急がなければならないかもしれない。

そして〝大義〟の体現者。

セプター4の元締め。

青のクランの王。

全ての隊員たちの頂に立つ存在は執務室で一枚のグリーティングカードを指先で摘まんでいた。

革張りの椅子に座り、足を組み、左肘《ひだりひじ》を重厚な造りの机につき、左の手の甲に顎を乗せ、右手で青いカードをくるくると回す。

「これをいったい、私はどう解釈したらよいのでしょうね？」

ふっと実に面白そうに微笑む。

そこにはこう一文が記してあった。

『あなたをとても愛している』

えっちな本の消失。

そして宗像礼司の元に届いた差出人不明のラブレター。

この見えない因果《いんが》の糸で結ばれた奇妙な二つの出来事はやがてセプター4を大きく揺さぶる事件へと発展するのだが——。

それはまだ宗像礼司にすら予想ができていないことだった。

第二章　限りなく純粋な簒奪者《さんだつしゃ》

東京都内でストレインを始めとする異能者犯罪が起こった場合、セプター4は以下の手順で出動することになっている。まず一般の人間が犯罪を目撃、ないし巻き込まれ、110番通報をする。それは椿門《つばきもん》の警察庁通信指令センターにつながり、担当警察官による聴取を経て、ストレインの介在を判断した場合のみ、セプター4に入電が行われる。

この通達は事件が発生した該当地区の警察署にも同時に行われ、その警察署は署長以下、全ての人員が可及的速《すみ》やかにセプター4の行動に協力する義務を有する。

一応、セプター4はストレイン犯罪の認定を警察庁警備局警備課の特殊事象対策室理事官が行った場合のみ、警察から指揮権を委譲《いじょう》される原則になっているが、現場ではその通達を待たずに所轄の警察がセプター4の指揮下に入ることが慣例となっていた。

具体的には封鎖線を形成したり、交通整理を行ったり、場合によっては聞き込みなどによって入手した情報を到着したセプター4隊員に提供する。

なお、セプター4は警察からの入電情報を元に、特務隊を中心とした隊員を出動させるが、それは二名の最小ユニットが派遣される第一種展開から宗像礼司自ら現場に赴く第四種展開まで事件の規模に応じて四つの段階が存在した。

その日、警察庁からの入電でセプター4の受理台が発令したのは当番隊員たちを出動させる第二種展開だった。

秋山、弁財、布施、榎本の四名がセプター4が所有する特殊車両に乗車して現場に急行した。ストレインと目される人物が三名、ビルからビルへと飛び移り、一部の建物や電線などを破損、切断する行為に及んでいる、という事件で、未確認ながらそのストレインたちは覚醒剤を使用している、という情報もあったので、秋山以下の隊員たちはかなりの緊張感を持って現場に臨んだのだ。

だが、しかし——。

「どういうことだ？」

秋山の顔には明らかな困惑が浮かんでいた。

「——」

他の隊員たちも全てあっけにとられた顔をしている。彼らが目にしたのは昏倒《こんとう》し、縛られた三名の男たちだった。

その前に紙切れが一枚。

原始的なことに石ころ一つで風に飛ばされないようにしてあった。そこには墨でこう大書されてあった。

『この三名は反社会的な薬物を使用し、ただ己の快楽のために街を騒乱させた慮外者どもゆえ、我らが捕縛した。肝に銘ずべし。汝《なんじ》らは無用の存在となりつつある』

秋山はその文章を熟読した後、困り切った顔で仲間たちを振り返った。

「なあ」

こういう事態を秋山は想定していなかった。

「これはいったいどういうことだ？」

弁財、布施、榎本の三名が同時に首を横に振った。

だが。

これはまだ始まりに過ぎなかった。


セプター4はストレインが関連した犯罪を鎮圧し、その該当ストレインを検挙、拘束するための機関である。

通常の人類が所有する腕力や体力を逸脱《いつだつ》した存在である特異能力者を対象とするが故にセプ

ター4の活動範囲は非常に多岐にわたる。だが、その業務形態は大きく分けて次の三つに分類されると言える。

一つは先ほどの警察からの通報と同時に出動する、主に計画性のない突発的なストレイン犯罪への対応。

もう一つが法務局戸籍課に登録されたストレインへの定時連絡や聞き取りなどのルーティン化された管理業務。

そして最後がストレインによる犯行なのか、一般人による犯罪なのか判断のつきにくいグレーゾーンにあるケースの警察への捜査協力。

これが一番のやっかいな仕事で、明らかにストレインが関与している場合には比較的、好意的な警察も、そういった状況ではセプター4の介入をあまり喜ばなかった。ある意味で当然の反応だろう。通常の犯罪捜査はあくまで警察の領分であるし、そこに介入する権限はセプター4にはないからだ。

そのためストレインの関与が疑われるという段階では、セプター4から一人ないし二人が捜査本部に派遣され、あくまで参与的な立場で関わる、というのが慣例となっていた。

その日は加茂と道明寺がとある殺人事件の捜査本部が置かれた所轄署《しょかつしょ》に出向していた。担当管理官や現場の刑事たちの丁寧だが、微妙によそよそしさを感じさせる対応に加茂もまた礼儀を守った。しかし、自分たちの意見は崩さない姿勢でしっかりと捜査情報を入手していった。

一方、道明寺は興味なさそうな顔でぱらぱらと警察署の広報誌などを頬杖《ほおづえ》をついてめくっている。その時、捜査本部の扉が勢いよく開いて新人の刑事が中に飛び込んできた。

「大変です！　犯人が見つかりました！」

管理官が落ち着くように叱責し、新人刑事が語ったのは以下の内容だった。110番ではなく、該当警察署の庶務課へ直接、電話があり、『あなたたちが捜している事件の犯人を捕まえたから引き取りに来て』という若い男の声で告げられた。

半信半疑ながら警邏《けいら》中の巡査二名を男が告げた路地裏に急行させると、そこに厳重に鎖をかけられた男が一名、昏倒していた。

それは捜査本部が重要参考人として行方を追っていた男で間違いなく、しかも警官二人の接近に気がついた男は目を覚ますと足や手の先から鋭い刃のようなモノを出して暴れ始めた。そのためストレインである疑いが非常に濃厚になり、しかも安易に取り押さえることができないため、現場は混乱しているということ。管理官は困惑し、すぐにその場にいた加茂と道明寺に出動を依頼した。

二人は快諾《かいだく》したが、その交わし合った視線がこう語っていた。

（いったい、どういうことだ？）

（さあ？）

その男が加茂、道明寺両名の活動により、捕縛され、殺人事件の自供を始めたのはそれから三時間ほど後のことだった……。

こうして正体不明の何者かがセプター４の主要業務をなぜか先回りして、案件を解決していく、という奇妙な事件がその後、立て続けに起こった。

その動機や方法が全く不明であるが故にセプター４の隊員たちは大いに当惑し、中には面子《メンツ》を潰された、と憤《いきどお》りを抱く者も少なくなかった。

そしてその急先鋒《きゅうせんぽう》は予想された通り副長、淡島世理だった。彼女は宗像の執務室に報告を持ってくると、

「これは間違いなく我らセプター４への挑戦かつ挑発行為に他なりません！　室長、どうか速やかなご対応を！」

宗像と挟んでいる机にだん、と両手をついて顔を近づける。必然的に前屈《まえかが》みになり、その偉大なサイズの胸がたゆんと揺れた。それをいやらしさの欠片《かけら》もない目でにっこり一瞥《いちべつ》すると宗像は視線をずらしていって淡島の顔を見上げた。

椅子の上で足を組み、悠然と、

「淡島君、だいぶ感情的になっていますね。できれば結論を急ぐ前にもう少し詳しい報告をお願いしたいのですが」

「は。失礼しました」

あまり心からそうは思っていない顔で淡島は姿勢を正すと腰元で腕を組み、直立した。それからここ最近の様々な出来事を報告書などに目をやることなく詳細に口頭で説明し始めた。

「ふむ。なるほど――」

宗像は考え込む表情になって顎に手を当てた。淡島は畳みかけるように、

「甚《はなは》だしきに至っては我々のパスを使用し、定例業務まで行う始末で」

「ふむ」

「パスと制服の偽造が公然と行われているのです。大変、由々しい事態かと思います」

「ふーむ」

宗像は今度は「ふ」と「む」の間を延ばした。それから、

「実に優秀かつ体系だった組織が背後にいるようですね。ところで淡島君」

微笑みを絶やさず、淡島が思わず、

「は？」

そう聞き返すようなことを尋ねてきた。

「現時点での実害はいったいどのようなモノが生じているのでしょうか？」

淡島は、

「――」

思わず固まっていた。それから困惑したように、

「あの、仰《おっしゃ》っているお言葉の意味が」

「言い換えるとですね。その謎の人物たち。恐らく単独ではあり得ないでしょうから、その団体さんが我々に成り代わって治安を維持しようとしていることにいったいどのような問題が発生しているのでしょうか？」

淡島が絶句するようなことをさらりと言ってのける。

「この国の平和と大義が護られているのです。我々の負担も減って、大いに結構なことだと思いますが。ちょっとばかり勝手にお仕事をするやる気のありすぎる隊員が沢山、入隊してきた、とそうは捉えることができませんか？」

淡島は今度こそ完全に言葉を失っていた。

目の前の人物は。

〝青の王〟宗像礼司は上手く業務が回っているならば、どこの誰がやろうと別にいいのではないか、とそう言っているのだ。

淡島はくらくらとしてきた。

セプター4としての面子、佩剣者《はいけんしゃ》たる誇り、その他色々なことを言って諫言《かんげん》しようと思ったがそれをぐっとこらえた。

そもそもその体現者たる人物は淡島の前に涼しい顔で座っているのだ。

(この人は──本当に！)

時々、宗像の途方もない度量の広さ、言い換えると自由すぎる野放図《のほうず》さが恨めしく思えることがある。

「──そうですね」

淡島は頭を巡らせ、宗像のロジックの穴を突いた。恐らく宗像自身もとっくに気がついているはずの穴だ。

「我々の体面といったモノを度外視しても幾つか問題点があると思います。まず真っ先に挙げられるのがこれら一連の業務処理を行うプロセスが全くの不明である、ということ。仮に表面上は上手く作動しているように見えても、命令系統も連絡系統も分からない以上、それに乗じるのはあまりに危険すぎます」

「なるほど」

宗像がにんまりと笑った。

「確かに。責任者や人員が不明な組織は、中身のメンテナンスができない機械や乗り物のようなものですからね。いつ故障や事故を起こすか予測ができません」

「それにもう一点。彼らの行動が〝善意〟から発しているのか確定できないところ。我々の業務を一部、侵犯した上でいきなりそれを私利私欲に転用し、この国を混乱に陥れる可能性が大いにあります」

ちょっと冷たい目で宗像を見て、

「もちろん室長はとっくにご承知でいることだと思いますが」

「ふ、む」

今度は「ふ」と「む」の間に小さな間があった。宗像は淡島が言っていることを予想通り否定しなかった。

「淡島君。まさにその通りです。でも、それをもってなお、私には彼らが——もしかしたら女性だけのグループなのかもしれませんが、あえてそう言いますね。彼らが態度を急変してこの国の秩序を乱すような行為に出る気がしないのです」

なぜですか、と淡島が尋ねるより先に宗像は語った。

「彼らが私たちに向けてメッセージを送っているからですよ」

「メッセージ？」

淡島が眉をひそめる。だが、宗像は今度は淡島の疑問に答えることはなく、まるで独り言のように、

「私が気になっているのは彼らの危険性などではなく、むしろ彼らが送ってきているメッセージにどう応えるか、なのですがね」

そんな風なことを呟いて、手を組み、目線を上げた。眼鏡の奥の瞳が思慮深げに光る。淡島が気になってさらに質問を発しようとしたその時、宗像の机に置かれたスピーカーから突然、榎本の焦った声が響き渡った。

『室長。失礼します！　よろしければ緊急に情報処理室にお越し頂けますでしょうか？』

宗像はすっと手を伸ばすと通話ボタンに指を置いた。

「宗像です。どうしましたか？」

すると、

『現在、一連の事件の首謀者を名乗る男からテレビ電話が入っています！　室長に面談を求めています。対処の方、よろしくお願いします！』

そんな悲鳴じみた答えが返ってきた。

淡島が目を見開く。宗像は口元に冷笑を浮かべ、こう呟いた。

「なるほど。向こうから先に接触してきましたか。随分と自分に自信がおありのようですね」

〝映像の記録は取っているか？〟、〝発信源の特定は？〟と淡島が低く抑えた鋭い声で矢継ぎ早に榎本へ質問を投げかけている。

榎本は猛烈な勢いでキーボードを打ちながら〝通話が始まった時点から自動的に〟、〝現在、やってます！〟などとこちらも押し殺した声で答えている。伏見猿比古が出張中である現在、情報処理は主に彼の仕事になっていた。

現在、情報処理室には秋山、弁財、加茂、道明寺、榎本、そして淡島の六名のセプター4隊員たちが詰めている。

彼らの表情には一様に緊張が浮かんでいた。だが、そんな彼らとは全く異なりいつもの冬の朝のように凛然とした態度で宗像礼司は部屋の中央に立っていた。彼の目の前には大きなスクリーンがあった。

そこに。

『――やあ、初めまして宗像君』

全ての黒幕が堂々と悪びれることなく映っていた。その立ち居振る舞いはまるで親しい級友同士の通話であるかのように開けっぴろげで、親しみ溢れるものだった。

どこにでもいそうで、そのくせ、ひどく特徴的な風貌をしていた。五十がらみ。言ってしまえば風采の上がらない小男だった。お腹はまるでペンギンのように突き出ていて、手足は短く、鈍重そうな印象を見る者に与える。

顔立ちは決して不快感を与えるようなものではなかったが、のっぺりとしていてどんなおべっかを使う人間でも、彼を美男とは決して形容できないはずだった。

『ようやくこうして直接、お話ができるね。嬉《うれ》しいよ』

ただ一つだけ。

彼は常人とは異なる部位を持っていた。それは瞳だった。通常の人間が年を取るにつれて忘れてしまう、無垢《むく》で純真な輝きがそこには充ち満ちていた。まるで磨き抜いた黒曜石《こくようせき》のように黒々と光る目だけは〝美しい〟とさえ形容できた。

不格好な中年男の身体に三歳児のような明るい眼差し。その取り合わせは異形じみていて、それ故、不可解な磁力と魅力と魔力が混在していた。

秋山たちは固唾《かたず》をのんで男を見つめている。

「なるほど」

ふいに周りが仰天するようなことを宗像は言った。

「あなたでしたか。私に熱烈なラブレターを送ってきたのは」

『ふふ』

スクリーンに映った頭が禿《は》げかかった男が実に楽しそうに笑った。

『ちゃんと読んでくれたんだね、ありがとう』

子供のように小躍《こおど》りして、

『君を初めて目の当たりにした時からその美しさに痺《しび》れてしまってね。ついつい思いが募《つの》ってあんな手紙を送ってしまったんだ。ぶしつけだったのは許して欲しい』

（室長が）

（美しい？）

（初めて見た時って――なんだ、それは！）

（俺はただの変な人だと思ったぞ？）

動揺のあまり普段は規律正しい隊員たちが思わず私語を交わし合う。宗像は欠片も気にした様子はなかったが、淡島が〝静かにしろ！〟と小さな声で隊員たちを叱りつけた。それから彼女は強ばった表情で男を凝視した。もしかしたら男の言っていることを額面通りに受け止め、男色の気《け》を疑っているのかもしれなかった。

それを、

「――大丈夫。彼が言っているのはあくまで比喩《ひゆ》です。恐らく私の技量や力量に惚れ込んだ、という程度の意味合いでしょう」

傍らにいる淡島にだけ聞こえる小さな声で宗像が囁《ささや》いた。淡島は軽く赤面をする。宗像は声を張り上げて、

「確かにあなたは少々、ぶしつけで非礼ですね。いくら年長者とはいえ、私に愛を語るならまずきちんと名前を名乗って頂きたいものです！」

『河野村善一《こうのむらぜんいち》』

間髪入れずに男が答えた。駘蕩《たいとう》たる笑みを浮かべている。あまりにもたやすく身分を明かしたため、セプター4隊員たちは驚いていたが、すぐにそれぞれが手元の端末やキーボードで照合をかける。そして彼らはさらに驚愕《きょうがく》することになった。

男が語った名前は実在しており、さらには男の顔写真とその履歴があっという間に表示されたのだ。特殊なデータベースなど使う必要はない。男のプロフィールはごく普通の検索エンジンでいくらでも調べることができた。

有り体《ありてい》に言って宗像礼司にアプローチをかけてきた男。

河野村善一は著名人だった。

「なるほど」

宗像が落ち着き払った微笑みを浮かべた。

「道理でお顔に見覚えがあったわけです。経済誌のインタビュー記事で何度かご尊顔を拝見さ

せて頂きました」

大富豪にして世界的な慈善事業家。宗像だけではない。居合わせたセプター4の何人かも得心の声を上げていた。

〝おい。本物なのか？〟

ひそひそと、

〝ニューヨークウイークスの『世界100人の著名人』という記事で日本人三位に入っていたぞ。当人だとしたらマジモノの世界的有名人だな〟

ただ道明寺だけが、

「え？　だれ？　まじ、だれ、あいつ？」

そう声を上げて周囲からスルーされている。宗像はゆっくりと言った。

「――ここ最近、我々セプター4の業務を横取りしていたのは、あなた、もしくはあなたが率《ひき》いるグループだと思って差し支えない、そういうことですか？」

いきなり核心に迫ることをぶつける。セプター4の面々は固唾を飲んだ。いったい、河野村善一はどう答えるのか。

『そうだよ』

河野村善一はあっさりとしたものだった。丸っこい胸を張り、

『確かに僕が全ての事件の首謀者だ。僕らは君たちの業務全てを成り代わろうとしている』

セプター4の隊員たちがざわついた。

その頃には布施と日高も情報処理室に駆けつけてくる。他のメンバーから詳細を聞いて驚愕していた。

宗像はむしろ面白がるように目を細めた。

「なるほど。誠実なご回答ありがとうございます。ですが、もし良ければこの若輩者《じゃくはいもの》にその理由まで聞かせて頂けませんか？　なぜあなたのような功成り名を遂げた人が今更、自警団ごっこのような真似をなさるのですか？」

『自警団ごっこ？』

河野村は不思議そうに小首を傾げた。

『君たちは自分たちの活動を〝ごっこ〟と呼ぶのか？　それは謙遜《けんそん》が過ぎないか？』

「——私は自分たちの仕事ではなく、あなたのやっていることをそう申し上げたのですが」

宗像の苦笑交じりの訂正を河野村は明快に退けた。

『なんだ。そういうことか。でも、それは事実とは異なるよ。僕らはきっと君たちよりも遥《はる》かに上手く、そして効率よくこの国の〝大義〟を護れる。僕らがやっていることを〝ごっこ〟と称するのなら君たちこそエセ正義の味方になってしまうんじゃないのかな？』

淡島が絶句している。さすがにその一言はセプター4の面々に火を付けるのに充分だった。敵愾心《てきがいしん》、反発、嫌悪の視線がモニターへ一斉に集中する。

河野村が慌てたように手を振った。

『あ、いや、違う違う。僕は決して君たちを否定しているのではないよ？　君たちは素晴らしくよく業務をこなしていると思う。ただ、僕らはもっと質高くソレを提供できる、とそう言っただけだよ。ねえ、宗像君』

優しく、異常なくらい真っ直ぐで無垢な瞳のまま河野村は言った。

『君なら分かってくれるだろう？　僕が送ったメッセージの意味を、さ』

「――」

宗像は河野村の問いに一言たりとも答えはしなかった。ただ無言で眼鏡を人差し指でくいっと押し上げる。

『僕はね、宗像君』

河野村は楽しそうに語った。

『君を初めて見た時から君の虜《とりこ》になったんだよ。そしてこう思ったのさ。君と同じような王様になってみたいってね』

その言葉は周囲の者全てに衝撃を与えた。彼――河野村善一は明らかに〈王〉を手の届く、実現可能な地位として捉えている。

さながら子供が将来、ケーキや花を売る店を開きたい、と言っているかのように。

『ただ困ったことにその〈王〉になるにはドレスデン石盤とやらに選ばれないといけないのだろう？』

「どうやってその名を知りましたか？」

宗像の冷たい声に河野村は笑って、

『少し調べたくらいだよ。それは別に絶対の秘密、というわけでもないだろう？　だったら、その気になればすぐに分かることだよ。僕はドレスデン石盤の特性に関してもある程度、独自に研究したんだよ。幾つかの調査機関を使ってね』

簡単にそう言ってのける。淡島は机の端をいつしか手でぎゅっと握っていた。内心に予期するものがある。

（この男、もしかしたら今までに全く相対したことのないタイプの敵になるかもしれない）

不穏《ふおん》な気配が立ちこめる中、相変わらず少年のように瞳をきらきらとさせて河野村は語り続けた。

『ただ誰がどのような基準で〈王〉に選ばれるのかは僕には分からなかった。だから、こう思ったんだ。君の業務、君の組織、君の全てに成り代わったら公正なるドレスデン石盤は選んでくれるんじゃないかって』

全く悪意のない恐ろしい無邪気さ。

『君の代わりに僕を新たな〈青の王〉としてね』

ふざけるな、と誰かが小さく叫んでいた。それはこの場に集まったセプター4の隊員全ての偽らざる心情だった。だが、彼らは薄々、悟っていた。その声にはほんのわずかだが恐怖の感情が入り交じっていた。

彼らは気圧《けお》されていたのだ。この短軀《たんく》、冴えない五十がらみの男が放つ異常なまでの怪物めいたオーラに。

「――」

その中で唯一、〈青の王〉宗像礼司だけはいつも通りだった。

ふっと肩を落とし、苦笑する。

「人生の先達に申し訳ありませんがね。それは不可能ですよ」

『なぜ?』

河野村は心から不思議そうに、

『君はドレスデン石盤に選ばれたからソレを根拠にしているのかもしれないけど、僕は違う。僕は今現在そうでなくても、僕自身がいずれ王様になれることを知っている』

にこっと笑った。

『そして僕は自分が心の底から本気で願ったことを実現できなかったことはない』

その時、榎本が小さな声で淡島に報告した。

〝発信源、特定しました〟

それからすぐに自分で驚きの声を上げる。

〝カイロ？　エジプトのカイロです！〟

淡島は小さく舌打ちをした。場所さえ分かれば隊員の誰かを派遣させ、この慮外者を拘禁するつもりだった。相手の居場所は淡島の予想から大きくかけ離れていた。一方、そのやり取りを小耳に挟んでいるであろうが、全く顔色一つ変えずに宗像が言った。

「私が不可能だ、と言っているのは実力の問題ですよ。申し訳ありませんがあなたでは私に成り代わることはできません。まだしも可能性のある他の王を狙ってみたら如何《いかが》ですか？」

よくよく考えればドレスデン石盤に選ばれた七人の〈王〉の一人としてかなりとんでもないことをけしかけている。だが、

『やだ』

間髪入れずに河野村が首を横に振った。

『僕は君が好きなんだ』

宗像が苦笑と溜め息を同時にした。

「なら」

だが、河野村の方が早く宗像に言った。

『決めたよ。僕は君に近いうちに〃参った〃を言わせてみせる』

「ほう」

興味深そうな宗像。河野村はにこにこと手を打ち合わせながら、

『君は僕に〃参りました、河野村さん。ごめんなさい〃そう言うんだ。そうすれば石盤は君を見放し、僕を選ぶ気がする』

若干、宗像が呆れ顔になる。

それは河野村の身の程知らずな宣言に対してなのか、それともそういったことを挑発だと思わず、無自覚に相手に告げる彼の底なしの子供っぽさへなのか。

「分かりました。では、お相手しましょう。ただし」

きらりと眼鏡の奥の瞳を光らせ、

「私はその行為に対してあなたに必ずペナルティを支払わせます。必ずね」

『いいね』

河野村は満面の笑みで言った。

『そう来なくては面白くない。では、宣戦布告代わりにこんなのはどうかな？』

にっと今までとは少し性質の違う笑いを浮かべて河野村は指を鳴らした。その瞬間、ざっと映像が途切れ、三秒に一枚ほどの間隔で次々と映像が表示され始める。それらは全てセプター4の隊員たちを隠し撮りしたものだった。

現場に向かう途中で疲労からつい大欠伸《おおあくび》をしてしまっている弁財。制服を着たまま、子供の写真を見て涙ぐんでいる加茂。勤務中に買い食いをして、なおかつクリームを頬に付けている道明寺。古本屋でえっちな本を真剣な顔で選んでいる私服姿の榎本。逃走中の容疑者を確保する際、大胆な回し蹴りを放っている淡島。ただし、非番の際、偶然、発見したので思いっきりスカートが捲《まく》れ上《あ》がって、青い下着が見えている。

「な、なんだこれは！」

赤面した淡島が叫ぶ。

「早くなんとかしろ！」

セプター4隊員たちが慌てふためいていた。公用車に乗った日高は歩道を歩く巨乳の女の子を目で追いかけている姿をばっちり撮られ、嘆いていた。

『ふふ』

声だけになった河野村が映像の向こうから告げてきた。

『楽しい仲間たちだね。では、また。いずれ』

相変わらずスライドショーは続いている。だが、もう河野村と接触することはできないだろう。宗像は笑っていた。

「変わった方ですね」

柏《かしわ》手《で》を一つ打っていかにも楽しそうに、

「──まあ、お手並み拝見といきましょう」

そして彼はくるっと背を向けると未だ混乱続きの情報処理室を後にして歩き出した。全く平生と変わることのない態度だった。


数日後。

日高暁はアメリカにいる伏見猿比古と電話をしていた。タンマツから聞こえてくる音声はとてもクリアで、用件である書類の確認作業はすぐ終わった。

「伏見さん」

日高は改まって話し始める。

「ちょっとご報告したいことが」

そう言ってここ数日起こった出来事を伏見にかいつまんで伝えた。

伏見は黙って一通り日高の話を聞いてから、

『基本的な情報はすでに承知している』

そっけなくそう答えた。

（それは、そうか）

日高は思った。伏見は元々、情報処理班出身なのだ。たとえ出張に赴いてはいてもセプター4を動揺させる事件が起こったことくらいはとっくに把握しているのだろう。

（淡島副長辺りと定期的に連絡を取りあっているのかな？　そういえば）

ふいに疑問に思う。

（この人、なんでアメリカに行っているんだっけ？）

突然、沈黙していた伏見が話し出した。

『ただデータだけでは分からない部分がある。おまえの意見を聞きたい』

「あ、はい」

それから伏見は鋭く要点を突いた質問を幾つか投げかけてきた。日高はそれに実直に答えながら、内心で感心している。

（やっぱりこの人、頭がいいな）

宗像が伏見を登用した時はその若すぎる年齢に反発を覚える者もそれなりにいた。だが、伏見はその切れ者ぶりを遺憾なく発揮して、やがて実力で皆にその立ち位置を認めさせていった。まだ未成年。それが今、セプター4のナンバー3にいる。

(戦国時代とか、幕末とか、動乱期には若くして人の上に立つ人がいる、って言うけど)

宗像体制下のセプター4がまだ若い組織だからこそ可能な人事登用なのだろう。

しかも伏見はただ年少なだけではない。元々が別のクランにいた転向者なのだ。それを涼しい顔で重用している宗像と大体において不機嫌な表情を浮かべながらも、次々と難しい仕事をこなしていく伏見は両者、凄いと日高は思っている。

また強《し》いて言うと秋山や弁財などの隊長クラスが、それを当然のこととして受け入れていることも大きいだろう。

彼らは国防軍上がりなので自分よりも年下だからと言ってそれだけで相手を軽んじるようなことは一切しない。

あくまで実力と組織の秩序を重視するのだ。

だから、そんな秋山や弁財などの態度がそのままセプター4の、特に特務隊の気風に繋がっているのは間違いないだろう。

『おい』

ふいに少し押し黙っていた伏見が電話越しに声をかけてきた。

「はい？」

『――淡島副長の下着』

「は？」

『それと榎本が選んでいた卑猥な本』

「え？」

突然の言葉に日高は混乱する。伏見は心なしか照れたような、ぶっきらぼうな感じで、

『その二つははっきりと見えていたんだな？』

なにを言っているのだろう、と率直に思った。だが、日高は思い直した。切れ者、伏見猿比古が言うのだ。なにか重要なことに違いない。

「え、っと」

記憶の糸をたぐり、

「はい。どちらもはっきりと見えていました」

自分でもなにを言っているのだろう、と思うが、きっぱりと断言する。伏見は、

『――そうか』

「あの、伏見さん？」

いい加減、質問の意図を教えて欲しくて声をかける。伏見はふっと笑った。

『分からねえか？　最後にざっと流れたセプター4隊員たちの隠し撮り。淡島副長とそれから榎本のだけ任務に就いていない非番の時のモノだろう？』

「あ」

日高は声を上げていた。

『公務中であれば俺たちの仕事に先回りしていた手口で、現場近くに張り込み、望遠レンズを使用して撮影した、というのは納得できる。だが、淡島副長と榎本の映像は今、言ったように非番の時のものだ。しかも狙い澄ましたようなオモシロ場面をきっちりとした解像度で撮っている。ということは二つの可能性が考えられる』

伏見は理路整然と語っていく。

『一つは制服を着ていようと着ていまいと常時、望遠レンズなどを駆使して撮影を行っているケース。だが、これはあまり考えにくい。俺たちセプター4の隊員たちに一々、張りついて撮影するのは人員の確保も難しいし、露見もしやすい。知らない第三者から四六時中尾行され、カメラを向けられて気がつかないほど副長も榎本もバカじゃないはずだ』

彼は一拍おいて結論を述べた。

『するともう一つのケース——隠しカメラなどによる遠隔撮影だ』

なるほど、と日高は膝を打っている。伏見は、

『日高、全ての映像を解析し、アングルや撮影条件を洗い出せ。そしてその撮影ポイントに足を運んで周囲を徹底的に調べろ』

「は、はい」

『もしかしたら少しくらいは手がかりがまだ残っているかもしれないぞ』

ふいに皮肉げな笑い。

『まあ、頭が切れる相手みたいだし、可能性は薄いがな。あとまあ、俺が指摘したくらいのことは』

「いえ、やってみます！」

ふっとまた伏見が冷たく笑った。

『──ま、頑張れ』

彼はそれだけ言って電話を切った。日高はぐっと拳を握って呟いた。

「早速、室長に報告しないと」

彼は勇んで立ち上がった。

だが、ちょうどその頃、宗像の執務室には淡島がいて、日高が調べようと思った事項を詳細に報告していた。

「ふむ。なるほど。予想はしていましたが、相手に肉薄するような手がかりは残っていませんでしたか」

「はい」

宗像の前に直立し、タブレットを操作しながら淡島が答えた。

「まず最後に送られてきたあの静止画像は全部で十八点。全て特務隊を中心に撮影されたモノでした。内訳は私、道明寺、榎本が三枚。日高、五島、布施が二枚。弁財、加茂、秋山が一枚」

「残念。私は写して貰っていないのですね」

宗像は机の上に肘をつき、重ね合わせた手に優雅に顎を乗せる。

「淡島君。私見で良いので聞かせてください。その隊員ごとの枚数の多寡《たか》になにか恣意的《しいてき》なモノは感じられますか?」

「──」

淡島は画面をフリックする指を止め、考え込んだ。それから首を横に振る。

「いえ」

きっぱりと答えた。

「各人の枚数は恐らく単純に送付するに足る画像が撮れたかどうかの差だと思います」

宗像が微笑んだ。

「そうですね。私もそう思います。要するに愉快な絵が撮れた人はその分、枚数も多かった、といった程度のことなのでしょう」

淡島は軽く赤面した。彼女は合計三枚、静止画を撮られている。しかもそれは特務隊でも特に毛色の変わった道明寺や榎本と同じ枚数なのだ。

（私はそれだけ隙が多いのだろうか——）

そんな反省めいた自問をしながら淡島は報告を再開した。

「状況的には屋外が十四点。屋内が四点。屋外は路上や公園など。屋内は駅の構内が三点と古本屋が一点」

「古本屋は——榎本君が本を選別している時のモノですね。彼とは一度、そこら辺の趣味をとことん語り合ってみたいものです」

「——先ほど申し上げた通り」

宗像の言葉を半ば強引に切ってスルーしながら、

「私服の状態で撮影されたのは榎本と私のモノが二点のみです」

淡島が結論を述べた。

「それと室長から特にご指摘頂いていた映像の撮影条件についてですが」

宗像の瞳が眼鏡の奥で小さく光った。

「――どうでしたか？」

どうやらこの事実確認を宗像は待っていたらしい。淡島は小さく咳払《せきばら》いをし、こちらもきりっと表情を引き締めてから報告した。

「超望遠レンズなどを使用した有人による撮影が四点。それ以外は全て無人カメラによるモノと判明しました」

「間違いないですね？」

「はい。科学鑑定技研による正式な調査結果です。映像ごとに使用されたカメラの機種とその他の撮影条件をご覧になりますか？」

宗像は首を横に振った。

「いえ。それには及びません。あとでリストを共有ファイルの方に上げておいて頂ければそれで充分。それで無人カメラの方は――」

「はい。室長が予想された通り、監視や盗撮などに使用する小型カメラ、いわゆるカモフラージュカメラが大半でしたが」

「――あったのですね？　防犯カメラで撮影した映像が」

「はい」

淡島は深く頷いた。

「古本屋で榎本を撮影した映像がまさしくソレでした。その古本屋は稀覯本《きこうぼん》などが万引き被害にあっていたため、かなり高解像度の監視カメラを設置していました。もちろん撮影された映像はローカルなハードディスクに保存されていたのですが」

宗像はゆっくりと瞑目《めいもく》し、息をついた。

「ハッキングされた、というわけですね？」

「はい」

再度、淡島が首肯した。

「有人による望遠レンズからの撮影、街の要所に隠したカモフラージュカメラによる撮影、そして防犯カメラをハッキングしての撮影。以上、三系統のそれぞれ異なった撮影方法を使用しています」

薄く苦く笑う。

「あの送られてきた映像は確かに我々にとっては気恥ずかしいですが、同時にバカらしくもあるものだと思います。それをこれだけ周到な準備と手間をかけて撮影する。相手方の真意がいまいちよく分かりません」

「――――」

宗像はゆっくりと立ち上がると無言で窓際に立った。淡島はタブレットのフリックを続け、

「あ、なお、補足ですがカモフラージュカメラは全て回収された後でした。撮影地点と想定された場所には痕跡も残っていませんでした」

「ふむ」

それは予想通りだったのだろう。特に意見を述べることもなく宗像は窓の外の光景に目を向けた。

「なお」

淡島はてきぱきとした口調で結論を述べた。

「現時点では屯所内で撮影が行われた形跡はありませんが、万が一に備え、カモフラージュカメラの捜索と不審者への対応を徹底いたします」

「――」

ふと宗像が振り返った。なにかの指示を出そうとするかのように口を開きかけている。

「なにか？」

淡島が怪訝《けげん》な顔で尋ねると、

「いえ」

宗像は眉をひそめ、

「――なにか引っかかる気がするのですが」

額に手をやりしばし考え込んだが、

「まあ、気のせいでしょう。淡島君。その対応で正解です。よろしくお願いします」

にこやかに微笑んだ。はっ、と淡島が一礼し、部屋を出ていく。宗像はその背中を見送った後、再び窓の外に目を向けた。

「――これもまたあなたのメッセージというわけですか。河野村さん」

彼はそう呟いていた。

淡島からの通達に従って手の空いているセプター4の隊員たちは臨時で屯所内の総点検を行った。それこそ床下から屋根裏まで徹底的に。

当初は戸惑っていた隊員たちだが、淡島からその理由を詳細に告知された後はむしろ積極的に建物内を捜索して回った。

万が一にでもあのような類いの写真を本拠地で撮られたのなら、自分たちのセキュリティがザルである、と相手に対して認めるようなモノである。またそれと同時にプライベート空間である寮などにカメラがあったらいったいどれだけ恥ずかしい映像を撮られるか想像するだに恐ろしい、という気持ちもあった。

有志で手分けをし、本棟から南棟、西棟、道場、車庫、隊員寮などをしらみつぶしに確かめて回った。この作業には直接的に映写の対象となった特務隊のメンバーだけではなく、吉野などの事務方も加わった。

なお陣頭指揮はこういった機器にも詳しい榎本竜哉が執《と》った。

榎本はカモフラージュカメラの種類を大別して皆に説明し、その設置されうる場所を具体的に絞って解説を加え、なおかつ盗撮者の心理まで言及して探し方の手順を指示した。そのあまりに詳細かつ的確なコメントに、

「――あのさ、エノ。まさかとは思うけど、そういった経験があるわけじゃないんだよね？」

日高が恐る恐る尋ねると、

「ふふん」

榎本は不気味に笑った。

「知識と装備はそれなりにあるけどね、試したことはまだないよ。残念ながらこっち方面にはあまり興味をそそられないからね」

その言葉にほっとしつつも一抹の不安を覚える日高。

そんな榎本の指示を受け、日高は主に裏庭の捜索に当たった。既に施設の内部は厳重な点検をクリアして、不審な機械類は一切、設置されていないことが確認された。相手方がどれだけ巧妙に知恵を絞ったとしても榎本の網羅的《マニアック》なチェックをかいくぐれるとは到底、思えなかった。

現在、裏庭などの屋外スペースを見て回っているのは念には念を入れるためだ。

こんなほとんど人が来ない場所にカメラを設置してもメリットは薄い。

（結局、伏見さんには分かっていたんだな。室長や副長が既に動いていることが）

ふと日高の足が止まった。下草の中、段ボール箱が見えた。心臓がどきり、と跳ねる。榎本に教わった隠しカメラ設置場所のセオリーとは異なるが、見慣れぬ不審物には違いない。日高は慎重に近づき、落ちていた木の枝を使用してそっと上蓋を開けてみた。

ん、となにかに気がつく。

それでも信じられない面持ちで段ボール箱に顔を寄せ、中に入っていた品物を手で取り上げてみる。危険物ではないことはすぐに察した。

危険物ではあり得ない。

「――え？　なんで？」

思わず呻《うめ》き声《ごえ》に近いものが喉からこぼれる。

それは――。

「まさかこんなところに運ばれていたとは」

口元を手で覆い慨嘆する。

それは見間違えようがない。榎本たちが共同管理していた〝図書館〟から持ち出されていた

"E文書"、ことえっちな本だった。日高はとりあえず一ページ目を開き、もう会えないと思っていた女の子と再会を果たした。

「やっぱりそうだ」

彼は呻くようにそう呟いた。

その後、日高からの連絡で榎本、布施が〝E文書〟を回収にやってきた。金塊《きんかい》や美術品でも取り扱うような素早さと丁寧さと恭《うやうや》しさだった。二人ともなぜ〝E文書〟がこんなところに運ばれているのか、皆目、見当がついていないようだったが、とりあえず出資金で集めた大事な本を取り戻すことができて安堵しているようだった。

隠しカメラは発見できなかった代わりにえっちな本は見つかった。

日高のみやや釈然としないものを感じ、誰かに報告するべきではないのか、とそれとなく二人に提案してみたが、

「——で、なんて言うんだ？　エロ本がなくなっていたが無事見つかりましたのでご心配なくって？　——少なくとも俺はごめんだ。淡島副長辺りだったらまず確実にどやされる」

「そうだよ。もしかしたら〝メンバー〟の誰かのやむにやまれぬ事情が絡《から》んでいるかもしれないんだ。うかつなことはできないよ」

布施と榎本からは口々に反対された。さらに榎本がもっとセキュリティレベルを上げて〝E文書〟を管理する、と宣言したので、日高としてもそれ以上は特に言い募ることができなかった。日高自身としてもこんなアホらしいことで〝図書館〟の存在を公にはしたくない、という気持ちがあった。そしてその日、全ての点検作業が終わり、淡島の元に全員整列したところで榎本が報告を行った。

「セプター4内に不審なカメラ、その他、不法に情報を収奪するような機器などはありません。断言いたします」

「――そうか」

淡島も心なしかほっとしているようだった。榎本はさらに提案する。

「逆にこちらでも監視カメラを要点に設置しておく、というのはどうでしょうか？　万が一にでも不審者が侵入してきた際に発見が早くなる、もしくは証拠として機能すると思いますが」

その言葉にしばし淡島は考え込んだ。それから彼女は首を横に振る。

「いや。止めておこう。相手方は監視カメラをハッキングするスキルがあるようだからな」

榎本の顔にごくわずかだが不満の色が浮かんだ。それは要約すると、

〝僕が管理すればそうそうそんな無様なことになりませんよ〟

ということだった。淡島はその表情を敏感に見て取って苦笑した。

「いや。おまえの技術を不安視しているわけではなくて、あくまで万一に備えてだ」

「——人間の目で見ていた方がいい場合もあるからね」

ふいにぼそっと日高の隣に立っていた五島が呟いた。

「カメラ自体は違和感やおかしな点には気がつけない。それに気がつくのは必ず」

五島が自分の目を指さした。

「ここ。人間のここ」

彼は日高に向けて喋《しゃべ》っていたが、淡島がそれを耳ざとく聞きつけた。彼女は我が意を得たり、というように大きく頷いた。

「良いことを言ったな、五島」

五島がにいっと笑った。淡島は全員の顔を見て声を張り上げた。

「河野村善一は非常に不可解な意図によってこちらにアプローチをしてきている相手だ。その手法や配下の構成員に関しては未だにほとんど情報がない。屯所内にカメラがなかったからといってくれぐれも油断しないように」

そう言って改めて注意を促し、集まっていたセプター4隊員たちを解散させようとした。その時である。彼女のタンマツが大きく鳴りだした。

発信者は宗像礼司になっている。

淡島は素早く応答した。

「はい、淡島です」

『淡島君』

相変わらず淡々とした声で宗像が言った。

『秋山君と相談の上、至急、隊を編制して出動をお願いします』

「え？」

淡島の声が高くなった。立ち去りかけた隊員たちもなんだろう、と耳をそばだてている。淡島はそんな隊員たちの視線を意識しながら、

「——どういうことですか？　なにが起こったのでしょう？」

『なに』

宗像は軽く笑った。

『河野村氏のしっぽを摑《つか》めそうな案件が出てきたのですよ。彼らが本当に豪語するほどの実力があるのかここらで少しテストしてみましょう』

そして宗像は詳細を淡島に語って聞かせた。五分後、淡島は毅然《きぜん》とした声でその場に残っていたセプター4の隊員たちに号令をかけ始めた。

なんのかんの言ってさすがは室長だ、と思っていた。

夜半を過ぎて糸を引くような雨が降り始めた。

とあるマンションの一室に夜食を買い出しにいっていた道明寺が戻ってきた。

道明寺はぱっぱっと私服の肩辺りに付着していた水滴を手で払うと、薄暗い部屋の雰囲気とは真逆の明るく、軽快な口調で尋ねる。

「うぃっす。リクエスト通りのモノ買ってきましたよ、副長。加茂。なんか変わったことあった？」

「――道明寺、ご苦労さま。今のところ特に変化はないな」

双眼鏡を手にして向かいの古びたアパートの一室をじっと注視している加茂に代わり淡島が答えた。彼女は道明寺が渡してきたコンビニ袋を受け取りながら逆に尋ねた。

「それより戻ってくる時にちゃんと辺りに注意したか？」

中には食事やお茶、お菓子などが入っている。淡島の目が〝あんこたっぷりパフェ〟で止まった。道明寺はこれでモノの道理が分かった男だ、と淡島はしみじみ思った。余人には分からない程度に彼女の相好《そうごう》が崩れている。

まだ食べたことのない新商品なのでとても楽しみだった。

「だいじょーぶすよ」

その間、道明寺は上着を脱ぐとどっかりと畳の上であぐらをかき、にっと白い歯を見せた。

「ちゃんと誰にも見られないようにこのマンションに入ってきました。そこら辺は万全です
――それより加茂。まだ交代の時刻までちょっと時間あるけどさ、見張り代わろうか？　昨日も色々とあって疲れてるっぽいしさ」

「――」

ちらっと加茂が道明寺を振り返った。彼は一度、腕時計に目を落としてから頷いた。

「すまない、道明寺。ならばその言葉に少し甘えさせて貰う」

道明寺の指摘通り加茂は確かにやや疲労しているように見えた。彼は小さく溜め息をつくと道明寺に双眼鏡を渡し、代わりに淡島が畳の上に置いていた買い出しの品が詰まったビニール袋を物色し始めた。彼の目がコンビニ寿司で止まり、複雑そうな顔つきになる。元板前としては色々な意味合いでそれを選べなかったようだ。

おむすびからイチゴゼリー、チョコレートなどに視線が移っていき、最終的に〝あんこたっぷりパフェ〟に彼の手が伸びた。

淡島があ、という顔をしていた。

だが、加茂はその表情に気がついている様子もなく、ぱかっとプラスチックのふたを開けている。元々、和食畑の人間なので、甘味ならばあんこ（適量であることが条件だが）は結構、

好きなのだ。

　双眼鏡で外を見つめている道明寺が尋ねてきた。

「でさ、昨日も奥さんに娘さんと会わせて貰えなかったの？」

　その強烈な直撃に加茂が固まった。だが、問いかけがストレートだったが故に、逆に後に引きずることもなく、すぐに回復もできた。

「――まあ、な」

　自嘲的な笑みを浮かべ、加茂はさじを口元に運ぶ。淡島が目をまん丸にしている。

「一度、こじれるとなかなか難しいんだよ。特に元夫婦といった間柄《あいだがら》は」

　そんなことを答えながらあんこに没頭する加茂。

　確かに今、身体が糖分を欲していた。

「うまい。とてもうまい」

　つい声に出している。

「うーん」

　道明寺が不思議そうな声で述べた。

「俺は結婚したことないからわかんないけどさ、加茂なんて大人だし、ちゃんとしてるのにねー。なんで奥さんに離婚されちゃったんだろうね？」

ふいに誰かがぼそっと呟いた。

暗い、暗い、声だった。

「——いえ。なんとなく分かるような気もするわね、私は」

え、という顔で加茂が振り返る。淡島がなぜかこちらに目線を全く合わしてくれず、全く関係ない天井辺りをじっと見つめていた。

驚くくらい無表情に。

なんだろう？

きちんと正座をしている女性らしい身体から冷たく青い怒りの炎が立ち上っている気がした。

「あ、あの副長？」

恐る恐る加茂が声をかけたその時、

「副長！　加茂！」

道明寺から鋭い警戒の声が発せられた。淡島も加茂もすぐに仕事モードに戻った。窓際に飛びつく。

道明寺が淡島に双眼鏡を差し出してきたがそれを使用しないでもすぐに分かった。

「なんだ、あいつは？」

カーテンをめくり上げている淡島の口から呻き声が漏れた。加茂が既にタンマツで近くで待機している秋山たちに連絡を入れていた。

鮮やかな朱色の傘。

ここまで聞こえてくるからりころりという下駄の音。

霧雨が降る薄暗い道路を僧衣を着た禿げ頭の巨漢がゆっくりと監視先のアパートに向かっているところだった。


作戦としてはそれほど複雑なものではなかった。河野村とその配下がストレインとしての力を持つ犯罪者をセプター4に代わって捕縛しているというのなら、既に居場所を把握したストレインを餌にして相手が現れるのを待とう、というシンプルなモノである。

宗像は淡島相手にこう説明していた。

〝そんなに難しく待ち伏せる必要もありません。相手は必ず現れます〟

淡島がなぜですか、と問うたところ、

〝河野村さんは私たちよりも上手く業務をこなすことができる、と主張してしまった。なので、そこに例外を作るわけにはいかないのです。極論を言うと、きっと我々が制服姿でスクラムを組んでいてもその場へストレインを捕縛しにやってきますよ〟

そんな答えが返ってきた。

しかし、いくら宗像がそうは言ってもさすがにそんなに堂々と網は張れない。泳がせているストレインにまでセプター4の存在に気がつかれ、逃げられてしまうからだ。なので淡島たちは反対側のマンションの一室に、秋山たちは同じアパートの別の部屋に、日高たちは近くの路地にそれぞれ待機していたのである。

（しかし、本当に室長の予想通り悪びれもせず、堂々と現れるとは！）

淡島は先頭を切ってマンション内を疾走しながら内心で驚いていた。もっともあの僧衣禿げ頭の大男が全くの部外者だ、という可能性もゼロではないが、それはもはや考慮の外にしてよいだろう。あの男は淡島たちの視界の下を通る時、一瞬、こちらを見上げてにやりと笑っていた。

淡島たちがいることを先刻承知していたのだ。

淡島のサーベルにかけた手に力がこもった。

彼女を先頭に加茂、道明寺が続けてマンションから向かいのアパートへまるで弾丸のように突入していった。その時には既に物が破壊される派手な音が聞こえていた。それに混じって断続的な悲鳴。淡島は階段を駆け上がりながらサーベルを抜いていた。

「淡島、緊急抜刀！」

背後でそれぞれ加茂と道明寺も抜刀している。木造安普請《やすぶしん》の薄暗い建物の中をサーベルが三本、鬼火のように青く揺れ動き、疾駆する。騒動の現場は三階だった。先ほどの異形な禿げ頭の男はすぐに発見できた。

禿げの大男は廊下に仁王立ちになって片手を掲げていた。その拳にはひょろっとした若者の襟首が摑まれている。彼は終始、手足をばたばたさせ、みっともない甲高い悲鳴を上げ続けていたが、禿げ頭の大男は小揺るぎもしなかった。

口元にふてぶてしい笑みを浮かべている。そんな彼にまるで悪さをした子供みたいに摑み上げられているのが、今回の監視対象となっていたストレインだった。手のひらから衝撃波を出す能力で、無人宅の玄関や窓などを破壊して小さな窃盗を繰り返していた、という程度の情報しか淡島は知らない。

警察との連携で彼の存在をあぶり出し、所在を突き止め、今まで泳がせていたのは秋山と弁財コンビの功績である。彼らは大家と交渉し、このアパートの三階の空き室でほぼ丸一日、待機していた。

今、秋山たちは禿げ頭の大男とストレインの若者を挟んで、ちょうど淡島たちの反対側にいる。

彼らは既に淡島たちと同様、抜刀を済ませているが、狭い廊下とストレインの若者が邪魔になって、うかつに前に出ることができないようだった。

「警告する。人質を放せ！」

淡島が叫んだ。

「おまえは完全に包囲されている。諦めて投降しろ！」

「人質？」

大男がふいに眉をひそめ、鋭い眼光をこちらに向けてきた。

「投降？　たわけたことを申すな！」

がっと一喝。

「人質を取らねばならぬほどわしは卑劣ではないし、投降するほどおぬしらに追い詰められてもおらんわ！」

その外観通りの野太い、迫力のある声だった。その瞬間である。

「この」

彼に吊《つ》り上げられていた若者が顔を真っ赤にして怒鳴った。

「いい加減にしろよ、おっさん！」

大男の禿げ頭にぴたりと手を押し当て、叫んだ。

「死ね！」

淡島たちがぎょっとした。その若者の能力は手のひらからの衝撃波。ストレインとしてはさほどの脅威ではないが、それでも金属製の扉を吹っ飛ばすくらいの破壊力はある。それを頭に直に打ち当てれば人一人を絶命させるくらいは訳ないはずだった。

「やめ」

淡島が前に出るよりも早く真っ白な閃光《せんこう》が吹き上がり、大男の頭部を丸ごと包んだ。

「く！」

想像以上の目映《まばゆ》さに淡島が立ち止まり、二の腕で顔を庇《かば》う。秋山と弁財がなにか叫んでいた。

「ぐ、ふふふふ」

光が収束し、居合わせたセプター4の隊員たちは驚きのあまり息をのんだ。彼らの眼前で傲《ごう》然《ぜん》と笑っている大男に変化は全くなかった。相変わらず若者は片手で宙づりにされたままだ。

正確には若者の手が押し当てられた大男の側頭部に軽く焼け焦げたような跡があるが、それでダメージを負っているような気配はまるで見受けられない。

驚くべき耐久力だ。

(この男もやはりストレインかなにかなのか？)

淡島が素早く考えを巡らせた。

「わしの頭は少々、特別製でな」

大男がにたりと笑いながら若者を吊っていない方の手のひらで自分の額をぴしゃぴしゃ叩い

てみせた。それから、目を見開き、がくがくと震えているストレインの若者をゆっくりと自分の目線の高さまで下ろすと、

「今一度、精進《しょうじん》し直せ」

そう言ってそののど仏の辺りをすとんと太い人差し指で突いた。するとそれだけで若者は意識を失い、ぐるんと白目を剝《む》く。大男は若者をそっと壁際に座らせた。それからセプター4の隊員たちを振り返り、睨《にら》み据《す》える。

「さて。この者はもはや邪魔にはならん。かかって来てよいぞ。むろんまとめてな」

「――――」

淡島たちは困惑している。そこへ日高と布施、五島も駆けつけてきた。淡島は彼らの気配を背後で感じながらよく通る声で誰何《すいか》した。

「一応、確認しておく。貴様は我らの業務を邪魔しに来た河野村善一の配下なのだな？」

「……人の素性《すじょう》を尋ねる時は自分の名をまず名乗れ、と言いたいところだが、おぬしらはそうやって私服を着ていても分かりやすいな、セプター4。そしておぬし」

じろりと淡島を面白そうに見て、

「淡島世理だな？　青瓢簞《あおびょうたん》の宗像礼司にくっついている女だろう？」

「む」

淡島が眉をひそめた。

「なに。おぬしらの顔や素性は善一から事細かく教わっておるのだ。代わりにわしも名乗ってやろう。わしは中村強奥《なかむらごうおく》。十年ほど前に善一と出会い、ヤツの伊達《だて》と酔狂《すいきょう》が気に入ってな、以来、行動を共にしておる」

ふいに強奥と名乗った大男がゆっくりと何桁かの数字を口にした。淡島が戸惑っていると加茂が耳打ちしてきた。

「国民ＩＤナンバーだと思います。自分の素性を告げているのでしょう。あとで検索しておきます」

淡島が頷いた。

「――中村強奥」

押し殺した声で、

「では、貴様を」

秋山、弁財と視線だけで会話した。

「セプター４への業務妨害で逮捕する！」

足で床を鋭く蹴った。前に一気に突進する。同時に秋山と弁財が挟み撃ちにするべく強奥に向かっていくのが見えた。

共に訓練して長い。以心伝心で互いの意図は分かる。

「ふん」

強奥が不敵に笑った。それから彼はその巨体を翻すと驚くほどのスピードで秋山と弁財の方へ走り出した。それはある程度、予想していた行動だった。両方から挟撃される前に、片側から突破なり、撃破なりしていく。

ある程度、戦い慣れた者なら当然の選択だった。淡島側には五人いるが、反対側には秋山と弁財しかいない。数の不均衡を狙われたのだろう。

淡島は大きな声で叫んだ。

「日高、布施。おまえたちはそこに倒れているストレインを確保！」

「はい！」

背後で間髪入れず返事が聞こえた。これで淡島、道明寺、加茂と秋山、弁財で男を包囲できる。そう思った時だった。

「は！」

「やあ！」

狭い廊下であるにもかかわらず秋山は立ったまま頭上から、弁財は軽く中腰になり横合いから、という見事な体勢でお互いがお互いにぶつからぬよう上手く剣を放っていた。

それは淡島が見ても回避不可能なタイミングで突進してくる強奥に襲いかかる。強奥がにたりと笑った。

彼は避けなかった。

身体に、

「ふんぬ」

力を込める。秋山も弁財も、それから淡島たちも目を見開いた。男の身体が赤銅色に光り輝くと二人のサーベルをいとも軽々と弾いたのだ。かーん、とまるで岩を金属バットで叩いたような音がした。

秋山が苦悶《くもん》の表情を浮かべ、後ろに一歩下がり、弁財は呻き声を上げ、サーベルを取り落としていた。痺れるのか左手で右手を抱えている。

「ぐわはははは」

強奥は素早かった。まず秋山の襟首《えりくび》を捕まえ、軽々と頭上に掲げると淡島たちの方に向かって文字通り投げつけた。

次に弁財も抱きかかえるとまるで子猫でも放るようにこちらに向かって投げてくる。一同、絶句していた。

投げられている秋山も弁財も硬直したままだった。非常識な、信じられないほどの剛力だった。

まず飛んでくる秋山に道明寺と加茂が巻き込まれ、彼らは叫び声を上げて互いに倒れ込んだ。だが、弁財は秋山とは違う運命をたどることができた。宙を飛ばされて淡島に激突する寸前、彼女が受け止めてくれたのだ。

まるでドッジボールでもやっていて、威力のあるボールを受け止める時のように片膝をつき、しっかりと自分よりも大きな弁財の身体を両腕で抱え込む。

こちらもまたその細い身体からは信じられない膂力《りょりょく》だった。

「ほお」

強奥が面白そうに口角を上げた。

「さすがは王の右腕ともなると女でも大したものだな」

「あ、あの副長」

お姫様だっこされたまま弁財が身体を縮こませ、礼を述べた。

「助けて頂き、ありがとうございます」

「気にするな」

男前な感じで淡島が答え、弁財を下ろしてやる。弁財は気まずそうだった。一方、団子状態になって倒れていた秋山、道明寺、加茂もいててて、と声を上げながらなんとか立ち上がった。

淡島はサーベルを構え直しながら尋ねた。

「中村強奥！　大層な力と堅さだな。今更、確かめるまでもないがおまえはストレインだな？」

「うむ」

強奥が素直に頷いた。

「わしにはどうも金剛の身体がさずかったらしい」

それからこれ見よがしにボディビルのポーズを取っていった。腕の力こぶを誇示したり、腹筋を突き出したり、背中を見せたり。

その度にきらきらと強奥の全身が輝いていった。

「――そのふざけたポーズはなんだ？」

淡島が不愉快そうに尋ねると、

「わしは若い頃、ボディビルをやっていてな。そのせいかどうか知らんが、こうやってアブドミナル&サイやらダブルバイセプスを決めるとわしの身体はより堅く強く締まるらしくてな」

豪快に強奥が笑った。

「なぜか、と理由は聞くなよ。わしも半年ほど前にストレインになったばかりだからな。細かい理屈は分からぬ」

そこで淡島はふと、

（半年？）

なにかが引っかかった。だが、そのことを深く脳内で検証する前に強奥が尋ねてきた。

「それでどうする？　淡島よ。その若造を大人しくわしに渡すか、それともわしにおぬしらまとめて叩きのめされて奪われるか」

にたりと、

「さてさて。どちらがよいかな？」

淡島はすうっと息を吸い、

「簡単だ。私たちがおまえを叩きのめし、河野村善一の居所を吐いて貰う。それでよいだろう？」

きっと強奥を見据える。

「気に入った」

強奥が左右の腕を掲げ、頭の上でくいと横に拳を向ける威嚇するようなボディビルのポーズを取った。

淡島が剣先を上げる。

「いざ」

「参る！」

淡島と強奥が同時に互いに向かって突進した。激しい二人の勝負は十分ほど続くことになった。


「……それで結局どうなったのでしょう？」

屯所内、執務室で机の前に座っていた宗像がジグソーパズルに目を落としながら秋山に尋ねた。

秋山は困ったような声音で報告した。

「はい。あの——最終的にアパートが丸ごと倒壊しました」

少し宗像の様子を窺うような恐る恐るといった感じだった。さすがにパズルのピースを弄《いじ》っていた宗像の指がぴたりと止まる。

だが、それもほんの二、三秒で、

「ほう。それはまた豪快ですね」

そう言っていったい、なにを考えているのだかよく分からない微笑みを浮かべ、パズルのはめ込みを再開した。

秋山は冷や汗を掻きながら思っていた。

（いっそのこと思いっきり面罵《めんば》して貰った方が楽なんだけどな）

作戦の主目的だった強奥には逃げられた上に、いらぬ損害を出してしまった。唯一のプラス要素はコソ泥を繰り返していたストレインの若者の身柄を確保できたことくらいだ。だが、それは通常業務内のある意味、当たり前の成果。セプター4の特務隊が総掛かりでこの結果ははっきり言って失態に等しい。

宗像はそれに対して怒っているのか、それとも本当に大したことではないと思っているのか、それすらもよく分からない。

(そういえば俺はこの人から本当の意味で叱責されたことはないのかもしれない)

国防軍上がりの秋山からするとこういった宗像のクールというか、感情が摑みにくい対応はかえって居心地が悪かった。

訓練生時代にしごかれた鬼教官の鉄拳制裁の方がまだマシだった。

「それで淡島君は？」

宗像がす、すっと滑らかな指運びでピースを運びながら再度、質問をしてくる。秋山はすぐさま答えた。

「副長は打撲を負ったため、作戦終了と同時に病院に向かいました。副長ご自身は大したことはない、と仰ったのですが、頭部も打っていたので」

「ほう。淡島君にそこまで手傷を負わせるとは」

宗像が少しだけ声の調子を落として言った。

「秋山君。可能な限り、交戦の模様を教えてください」

「はい」

そう言って秋山は語り出した。基本的には狭い室内での乱戦だった。淡島を中心に秋山、弁財、道明寺、加茂が強奥を激しく攻め立てた。一方、その頃、日高、布施は外で待機していた五島と協力しながらアパートの住民の避難、そして昏倒していたストレインの若者の輸送を行った。

幸いというかそのアパートは入居者がストレインの若者以外は二組しかいなかったため、退避もスムーズに済み、一般人から負傷者が出るようなことはなかった。ただ一対五の形になった強奥とセプター4の戦いはその分、激しさを増し、最終的には壁を吹き飛ばし、柱をへし折る荒っぽい展開になった。

その結果、元々、安普請だったアパートは淡島たちや強奥すらも巻き込んで崩れ落ちる憂き目に遭ったのだ。

強奥はその巨体からは信じがたいほどの敏捷《びんしょう》さで動き回り、暴れ回っていた。唯一、彼と互角の戦いを演じていたのは淡島くらいである。あとは室内の狭さと自分たちの武器であるサーベルの長さ、また人数の多さも裏目に出て、かえってお互いの行動がお互いで阻害される結果になっていた。

もしかしたら淡島が一人で当たっていた方が強奥を捕縛できる可能性も高かったかもしれない。

「しかし、いくら淡島君とその中村強奥なる御仁が強かったとしてもそうそうアパートは壊れないでしょう？」

「は」

宗像の言葉に秋山が少し躊躇《ちゅうちょ》してから、

「それが、その」

「大丈夫ですよ。秋山君。私は別に査問しているわけではありません。起こった出来事をそのままきちんと報告してくれればそれでいいのです」

「――分かりました。では」

こほんと咳払いをし、

「結局のところ、最終的な一押しはしびれを切らした道明寺が大技を連続で放ったことによると思います。それが見事にアパートの支柱を砕いた、というか」

「ほう」

また宗像の手の動きが止まった。秋山はどきりとする。だが、どうやら今度はなにかが気になったのではなく、単にジグソーパズルの全体が完成したためのようだ。宗像は腕を組み、己の作品を満足げに目を細めて見つめた。

秋山はちらっとそこに視線を走らせた。

それは文字通り己の作品だった。嘘くさい満面の笑みを浮かべた宗像礼司がそこに組み合わさって、存在していた。

秋山は聞いたことがある。ジグソーパズル好きの宗像を満足させる既製品がもうなかなかなく、宗像はこうやって自作のジグソーパズルを楽しんでいると。

ちなみに題材はなんでもよいらしい。

秋山が知る限り、一面、青しか見えない空だったり、トイレの壁だったり、特務隊が道場で汗を流している風景だったり、蟬《せみ》だったり、お札《さつ》だったりする。そうやって撮影した写真を専用の機械でパズルにしているのだ。

今回はまた適当に自撮りをした写真を使用したのだろう。

秋山は柱時計に目を向けた。

(午前七時。この方は報告を待って一晩中ずっとここにいたのか……)

ほとんど寝ることも、休むこともなく。

でも、こんなよく分からないことも同時にしている。

(つくづく変わったお方だ)

ふいに宗像が立ち上がった。

「まあ、大体の概要は分かりました。とりあえずよくやりましたよ、秋山君」

「え？」

予想外の言葉に秋山は驚いた表情になった。

聞き違いかと思って再確認する。

「――申し訳ありません。今、なんと仰ったのでしょうか？」

ん、と宗像は逆に怪訝な顔つきになった。

「いや、よくやった、と言ったのですが。私はなにか変なこと言いましたか？」

「え、ですが」

秋山は気まずい思いで申し出た。

「中村強奥には逃げられ、民間の建物には多大な損害を出してしまいました。当然、お叱りを受けるものと覚悟していたのですが」

「ああ」

宗像は軽く笑った。

「そのことですか。確かに」

少し表情を厳しめにし、

「そのアパートに損害を出したのは決して褒められません。もちろん他の人たちにも連帯責任で多少は反省して貰いますが、こういったケースの多い道明寺君には生じた損害額割る十万で始末書を書いて貰います」

それでもとんでもない数になりそうだ、と秋山は青ざめた。

（二百枚くらいか？）

ふいに宗像が笑った。

「でも、秋山君。それでも死傷者、負傷者はゼロ。なによりあなたたちはちゃんと職務を果たしたじゃないですか。窃盗を繰り返していたストレインを現にその手で逮捕したのでしょう？」

あ、と秋山は思った。

「職務を無事に遂行《すいこう》したのです。ならば、河野村善一だの、中村強奥だのは所詮、些事《さじ》に過ぎません。優先すべきは大義ですよ。違いますか？」

「――その、通りです」

そう呻くようにしか答えられなかった。

心のどこかでこう思っていた。

自分たちに挑戦してきた河野村善一をなんとかしなければいけない。彼は自分たちの根幹を揺さぶりに来ている気がした。

だから、決してないがしろにしていたわけではないが、ストレインの若者を囮《おとり》程度にしか考えていなかった節はある。

それは自分だけではなく淡島を始め特務隊全員そうだった、と言ってよい。

今回のストレインはなんと言ってもただのコソ泥だったのだ。

でも、宗像は違った。

彼は河野村一派に対抗することとは全く別に小揺るぎもすることなく、原理と原則を見据え続けていた。

(やはりこのお方は――)

宗像はゆっくりと歩いて秋山とすれ違おうとする。秋山が思わず呼び止めた。

「あ、あの、室長。こんな時間にどちらへ？」

「うん？」

宗像が笑みを浮かべたまま、

「いえ、その倒壊した建物の件で善後策を取りに行くのですよ。損害額が損害額なので少々、あちらこちらに根回ししないといけませんからね。それと余裕があれば淡島君のお見舞いにでも行ってきますよ」

ぽんと秋山の肩を叩き、

「秋山君。君たちが思いっきり働ける環境を整えることが私の仕事です。なので、あとは私に任せて、よく休むように。いいですね?」

「は」

思わず直立不動の体勢をとっていた。

河野村善一はこの人には勝てない、と思った。

我らが王、宗像礼司に器の点でも、才覚の点でも、勝てるもんか、と秋山は少し熱い気持ちでそう思っていた。

宗像は飄然《ひょうぜん》とした態度で一度、頷くと真っ直ぐに部屋を出ていった。

宗像の処置がどのようなものだったのか分からないが、とりあえずアパートの倒壊に関しての事務処理は滞《とどこお》りなく進みそうだった。道明寺は泣きそうになりながら始末書二百枚に取り組み、淡島は翌日、元気に退院してきた。

元々、大した負傷でもなかった彼女は意気軒昂《いきけんこう》で、強奥を捕縛できなかったことをただひたすら悔しがっていた。退院したその日のうちに宗像の許可を取り、セプター4の何名かを指揮して強奥と河野村の居所を探索するミッションに入っている。

一方で河野村が主導していたセプター4に対する仕事の横取りはぴたりと止んでいた。それ

をいったいどう解釈するべきなのか特務隊の面々でも意見が分かれ、

〝結果的に取り逃がしたとは言え、待ち伏せを受けたわけだから向こうも慎重になっているのだろう〟

という考え方と、

〝いや、恐らく次になにかを仕掛けてくる間の準備期間だろう〟

という見方が半々をしめた。宗像を中央官庁に送るために公用車の運転席で運転をしている加茂はちょうどその中間の立場だった。

「……加茂君。それでその中村強奥氏の素性ははっきりしたのですか？」

「はい。やはりヤツが口にしたのは国民ＩＤナンバーでした」

国民ＩＤナンバーは社会保障や税金などを一括で管理する十桁の数字と三つのアルファベットの組み合わせで、二十歳以上の日本国民ならば希望すれば基本的には誰にでも振り当てられる。

ただし、役所などでの事務手続きがスムーズになる反面、個人情報が全てそこにまとめられてしまうため、プライバシーの保護などを理由に登録しない者も多く、現在では利用者は全国民の六割を少し超えるくらい、と言われていた。

セプター４などの公僕はもちろん全員そこに登録している。

「しかし、加茂君も大したものですね。相手が口頭で述べた番号をその場で覚えたのですか？」

加茂は面はゆい気持ちで答えた。

「……前職が割と記憶力が必要でしたので」

「――」

宗像は一拍、考えてからすぐに結論を出した。

「そうか。板前という仕事はそうでしたね」

「はい。複数のお客様にいつなにをお出ししたのかを随時、覚えていないといけませんので」

「なるほど、なるほど」

宗像は目を細めて言った。

「いつかまたあなたの握る寿司も食べてみたいですね」

「は。お申し付けがあればいつでも」

宗像が破顔して、加茂も口元に笑みを浮かべた。

「ところで話を中村強奥氏に戻しましょう」

宗像が真面目な顔に戻って言う。

「国民ＩＤナンバーが分かった、ということは彼の学歴や職歴や犯罪歴、健康保険、納税具合なども全て明らかになったわけですね？」

　宗像の問いに加茂が頷いた。

「はい。警察庁と総務省に開示請求をかけ、登録されている全ての情報を入手しました。それによると中村強奥は全てにおいて模範的な市民である、と言えます。犯罪歴どころか高校生の時にはホームに落ちた妊婦を救助し、大学生の時には偶然遭遇したコンビニ強盗を取り押さえ、所轄署から表彰されています」

「ほう」

「成人してからは優良な納税者ですね。父親の跡を継いだ寺の住職としてだけではなく、仏教の知識を活用したハウツー本を執筆したり、セミナーの講師をやったり、さらには寺の境内で音楽のライブや怪談イベントを主催したりと、かなり手広く儲《もう》けているようです。そして河野村とはボランティア活動を通して知り合ったようですね」

「――待ってください」

　宗像が額を人差し指で押さえながら尋ねてきた。

「そんなことまで情報が登録されているのですか？　違いますよね？」

「ええ」

　加茂は運転席からちらっと助手席の宗像に目をやった。

　珍しくこの上司が怪訝な顔をしている。加茂はどう説明しようかわずかに迷ったが、結局、率直に全てを話した。

「ええ、中村強奥はブログをやっておりまして。そこに河野村との出会いの話なども全て赤裸々に記されているのです」

「――ブログ」

さすがに宗像も虚を突かれたようだ。

「はい。〝マッチョ住職のつれづれ日記〟というタイトルで。名前を検索するとすぐに出てきまして」

宗像は無言でいる。加茂はなんとなく後ろめたい気持ちになり、

「もちろんそれだけ大っぴらに情報が明らかになっているので布施と日高を連れてその寺へ急行しました。ただ」

ぺこっと頭を下げる。

「申し訳ありません。既に日常業務などを弟子筋に受け渡していて、当人の所在はいずことも知れず」

宗像はいったん口を開きかけ、また閉じた。

「ふむ」

顎に手を当てて考え込む。その時、彼のタンマツが着信した。宗像はすぐに応じた。

「はい、宗像です」

『室長。ご報告しなければならないことが』

淡島の声が聞こえてくる。耳の良い加茂にもぎりぎりその声は聞き取れた。彼女は憤りを抑えているような声音だった。

「はい、なんでしょう？」

落ち着き払った宗像に対して被せるように、

『河野村からの新たな接触がありました』

「ほほう」

何がしかの形でそれがあることは予測はしていたのだろうが、それでもやはり宗像は興味深そうだった。

「どんな形ですか？　また映像でも送ってきましたか？」

『いえ、絵葉書です。絵葉書がセプター4の屯所宛に送られてきました』

憤然とした言い方だった。宗像はすぐにそのイメージができなかったらしく、

「絵葉書、ですか？」

彼には珍しくきょとんと答えた。

『はい。消印はハワイのホノルル。ダイヤモンドヘッドが写った典型的な観光地用の絵葉書で

す』

「そこにはなんと？」

『さほど長い文章ではないので、読み上げさせて頂きます。〝今、ハワイにいるよ。程なく日本に帰るからその時、本気で君の王位を取りにいくね〟』

淡島は憮然《ぶぜん》と、

『〝追伸。この葉書とは別にマカデミアナッツチョコを屯所宛に送らせて貰っているので隊員諸君と美味しく食べてくれ〟、だそうです』

あまりにも宗像とセプター4を舐《な》めきった文面である。傍で聞いている加茂はひやひやした。自らの王に対して深い敬意を持つ淡島が激しく怒っているのは想像に難くなかった。加茂は敵愾心より、宗像の反応が気になって彼を横目で見る。これだけこけにされたらいかに泰然とした宗像でも不快の念を示しているのではないか、と思ったが、特にそうでもなかった。

青の王は考え込んでいた。

『室長。如何いたしましょう？　我々はいったい、どのような処置を取ればよいですか？』

淡島が決断を迫るように尋ねてくる。

「そうですね」

宗像は若干、上の空のまま、

「まずは絵葉書の販売場所の特定と絵葉書に付着した指紋を採取し」

そう言いかけ、はっとした顔になった。それから驚くべき表情の変化が宗像に起こった。彼は突如、破顔一笑したのだ。

「ははは。なるほど、なるほど。これは私もまた随分と滑稽なことを言ったモノです。指紋？　あるに決まっていますよね、河野村氏本人のものが。彼は最初からなに一つ隠していないのですから。淡島君」

ふいに口調を切り替えて宗像が淡島に呼びかけた。

「河野村善一氏に関しては特になにもする必要はありません。葉書はそのまま私の机の上に置いておいてください。それとチョコレートが送られてきたらみんなで食べましょう。私もお相伴《しょうばん》にあずかります」

『し、室長？』

淡島が混乱したような声を出した。宗像は優しく告げる。

「淡島君。よく聞いてください。河野村氏は彼が宣言した通り、この国に戻ってくるまでなにかを仕掛けてくることはありません。ですので、どうすることもできないし、またどうする意味もないのです。分かって貰えますか？」

『ですが』

まだなにか言いかける淡島を宗像は制した。

「淡島君。河野村氏が最初に接触してきた場所はエジプトのカイロからでしたよね？　では、彼はなぜそんな地球の反対側から我々に接触してきたのでしょう？」

『それは』

淡島はその問いに答えることができなかった。加茂には分かる。加茂もまたそのような質問を投げかけられたらきっと困惑していたに違いなかった。

そもそも河野村は宗像を青の王から引きずり下ろし、自分が取って代わる、と宣言しているのだ。そこにまともな思考や論理的な意味合いがあるようには到底思えない。海外からコンタクトを取っているのだって金持ち特有の気まぐれやこれ見よがしなパフォーマンスなのだと思っていた。

だが、宗像はそれを言下《げんか》に否定した。

「これはね、河野村氏のメッセージなのですよ」

「メッセージ、ですか？」

思わず運転中の加茂が問いかけてしまった。宗像は加茂のほうに顔を向け、にこりと微笑んだ。タンマツを操作し、ラウドスピーカーで淡島にも加茂にも自分の声が聞き取れるようにする。そしてゆっくりと二人に説明した。

「いいですか、淡島君。それに加茂君。河野村氏は最初から宣言していましたよね？　私を打ち負かしたらドレスデン石盤に選んで貰えるのではないか、と。彼は最初からその通りに動いているのですよ。私が作り上げたセプター４という組織の限界点を示唆することによってね」

「限界点？」

『限界点ですか？』

　異口同音に加茂と淡島が答えた。宗像はむしろ微笑みすら浮かべて解説する。

「淡島君。そもそもの問題です。仮に河野村氏が今までヒントを出してきたように本当にカイロやハワイに滞在していたとする。それで我々に彼を拘束できる権限はあると思いますか？」

「――――」

　淡島が黙り込んでいる。宗像がちらっとこちらを見てきたので加茂が熟慮しながら慎重に答えた。

「いいえ。ありません。警察でしたらインターポールなどに協力要請ができると思いますが、我々セプター４は現時点ではまだどこの国際機関とも提携していません。そしてまたそれと同じ理由で、我々が海外に出向いたとしても該当国で河野村を捕縛するなんらの法的根拠も持ち得ません」

「ですね」

宗像が満足そうに頷いた。

「このように、河野村氏は所在一つで示したのですよ。セプター4の活動限界が今の段階でどこにあるのかをね。別にそのことを卑下するつもりもありませんが、セプター4の権能は日本という国土に限定されている。だから、もし犯罪者に海外に逃げられた場合、相手を捕縛する有効な手段を持ち得ない。彼はその弱点を自らの居場所によってはっきりと指摘したのです」

淡島も加茂もそれに対して明瞭な反論ができずにいた。宗像は静かに補足の命令を告げる。

「淡島君。しかし、だからといって国内にいる中村強奥に関して遠慮をする必要は全くありません。彼の場合は明確な公務執行妨害でしょっぴけます。なので、とりあえず河野村氏に関しては保留。中村強奥の捕縛に全力を注いでください」

「――」

しばし、沈黙を続けた淡島は迷いを吹っ切ったようだ。

『は！』

まず目の前の仕事をこなす、と腹をくくったのだろう。力強い口調でこう宣言した。

『一両日中には中村強奥の首に縄をかけて御前《ごぜん》にお連れします！』

「実に頼もしい。ありがとう、淡島君」

宗像が柔らかくそう答え、淡島は再度、答礼してから通話が切れた。ふう、と軽く宗像が溜め息をつき、タンマツをオフにする。それから彼は加茂に向き直ってこう言った。その表情はなぜだろうか、どこか楽しんでいるようだった。

「河野村氏はね、まだまだ沢山のメッセージを送ってきているのですよ。彼とそして配下である中村強奥が自らの身分を我々に詳《つまび》らかにしているのもその一つです」

「と、言いますと？」

「彼が送ってきているメッセージは基本一つです。我々、セプター4の構造的欠陥部分。それを彼は言葉ではなく、行動によって雄弁に指摘しているのです」

「——申し訳ありません、室長。お話がよく」

困惑する加茂に対して宗像は歯切れ良く、

「では、加茂君。こう考えてください。仮にですよ、我々、セプター4の仕事を乗っ取ろうとした輩《やから》がいるとします。そこで我々はいったい、誰にどのように被害を訴えかけたらよいのでしょう？」

「え？」

「現在、セプター4は建て前上は日本国の法的な枠組みの中で活動をしています。ですが、実態は」

　くすっと宗像が笑った。

「自分たちで言うのもなんですが、特異な――そうですね。言ってしまえば超能力者集団です。法治の外にある、通常の常識外の集団です。でも、それは当然なのです。普通の力では及ばないドレスデン石盤による能力者を管理するのが我々の仕事なのですから。話を思いっきり簡単にしてしまうとスーパーマンやバットマンのような存在と言ってもよいでしょう。では」

　加茂の横顔を見つめ、

「スーパーマンやバットマンのような正義の味方は、そのお仕事を奪われたらいったいどこに泣きついたらよいのでしょうか？」

「――」

「加茂君。理解してください。河野村氏は未だ社会の倫理に反するような犯罪行為は犯していないのです。ただ我々の仕事を横取りしているだけ。ぎりぎり公務執行妨害の罪状を付けることはできますが、それも黄金の王の影響力によって、なんとか辛うじて我々が日本の法体系に加えて貰っているから、に過ぎないのです。でも、果たしてそれがどこまで世間の公序良俗《こうじょりょうぞく》意識に訴求できるかというと――」

　宗像は一度、言葉を切ってから結論を述べた。

「私ははなはだ疑問です」

一本、指を立て、

「もう一度、先ほどのスーパーマンとバットマンを例にたとえましょう。我々の仕事がスーパーマンで彼らがバットマンだとする。ある日、突如、バットマンがスーパーマンの仕事を横取りしだしたとして、果たして社会の誰がそれを非難するでしょうか？　しませんよね。どこの誰がやっても基本的に自分たちの安全さえ守られれば大衆はそれでよいのですから。イヤな言い方をしていますけどね。これは歴然とした事実ですよ。我々がもっと自戒していなければならないね」

加茂はもやもやした部分を感じつつも基本的には宗像の説明に納得せざるをえなかった。自分たちは決して盤石の体制でこの国に組み込まれているわけではない、と改めてそのことを痛感した。

「よく分かりました。だから、私たちは河野村や中村強奥の素性を知ったところでそれを広く社会に訴えることができない。それを河野村は伝えてきているのですね？」

「その通りです」

宗像は頷いた。苦笑して、

「実にイヤな御仁ですよ。我々になにができてなにができないのか。どこから力が及んでどこに及ばないのか。よくご存じのようだ」

「室長」

加茂は切り出した。

「ですが、河野村に対しても打っておくべき手はあるのではないでしょうか？　彼は日本の外にいる。ということは入国する際、水際で彼を捕縛できる可能性もあるかと」

それに対して宗像はやや悪戯っぽく、

「加茂君。内緒ですよ？　私はね、率直に言うと彼が日本に戻ってきてから勝負する、というのならそれに付き合ってみたい気持ちもある。付き合って、人生の先輩には恐縮ですが、完膚《かんぷ》なきまでに叩きのめして差し上げたい気分が。でも、〈青の王〉としてならともかく、セプター4の長としてはそういうわけにもいきませんね」

「……は」

加茂の声は妙に暗かった。

「ただ彼は恐らく通常の方法では帰国しないでしょうねえ」

妙に楽しそうな宗像をちらっと見て、

「室長。あのやはり！」

だが、それを宗像は優しく遮った。

「だめですよ、加茂君」

「しかし」

「これは前から決まっていたことです。そしてあなたにとって大事な個人の事情でもある。私は義理を果たすべきだと思いますよ。だから、きちんと今回はお休みしてください」

「……」

加茂はしばし悩んでいたが、

「はい。ありがとうございます」

ぺこりと頭を下げた。宗像は大きく頷いた。

その数日後、加茂の姿がセプター4から見えなくなった。彼が有休を取った、と聞いてかなりの人間が驚いていた。

第三章　青い服をまとう組織の長

結果的に河野村善一の帰国はセプター4の大多数が同時に知ることになった。セプター4の隊員たちだけではない。日本国民のかなりの割合がその情報を同時に入手した。なにしろ河野村善一の帰国は——。

夕方の全国区のニュースで報じられたのだ。

ジェームズ・D・セブル、という世界的に著名な人物がいる。年齢は四十三歳。マサチューセッツ工科大学に在学中、立ち上げたソーシャルネットワークサービス『COIN TOSS』によって米国でも有数の資産家となった、まさにアメリカンドリームを体現した男の一人である。

彼がCEOをつとめる『COIN TOSS』の社名の由来は当時、生命工学を専攻していたセブルがそのまま学究の道を進むか、それとも起業家になるか迷った際、コインを投げて決めた、という逸話に基づいている。

彼が作り上げた情報検索と動画アップサイトとネット通販を織り交ぜたような『COIN

『TOSS』のシステムは自己増殖する生命がヒントになっている、と言われ、研究者として大成するのを諦めた今もセブルは多大な援助をその分野の有望な後進たちに贈っている。

今回、来日したのもその生命工学に関する講演を東京で行うためで、彼が懇意《こんい》にしている日本人研究者グループのたっての希望である。

セブルがアメリカから離れるのは非常に珍しく、日本を訪れるのもこれが初めてである。そのためマスコミもかなり大々的に報道したのだが、そのセブルのプライベートジェットに河野村善一はしれっと同乗していた。

なに隠すことなく成田空港を出てくるセブルの横を歩いている。河野村がたどたどしい英語で語りかけると気むずかしいと評判のセブルが時折、笑顔を浮かべ、彼の肩を幾度か叩いた。現場の取材陣も最初は驚いていたが、河野村もまた著名人なのですぐに照会が行われ、セブルと河野村が親友と言ってよい、家族ぐるみの深い交友関係にあることを補足してニュースは伝えた。

形的にはセブルの友人である河野村が帰国の際、彼の個人用飛行機に乗っけて貰った、という体である。二人はそのまま日本における最高級ホテルの一つにリムジンで向かった。日本国民の大多数は特になんとも思うことなくその一部始終を受け入れたが、ただセプター4の隊員たちだけは激しく憤った。

「くっそ！」

セプター4の寮内にある自室で怒声を上げ、自分の枕にパンチを入れたのは布施大輝だった。一緒に共用のテレビを見ていた榎本も複雑な表情を浮かべている。

「ざけやがって！」

当直を終え、私服姿の布施はどこまでも悔しそうだった。布施は率直で飾らない態度と風貌からよく誤解されがちだが、勤務態度は真摯《しんし》で、チームワークも重視する優秀なセプター4の隊員だった。

プライベートでも、夜遅くまで道場で一人稽古をしていたり、犯罪捜査の資料を寝る間際まで読み込んでいたりする。そしてそのことを決して声高く喧伝《けんでん》したりはしない。むしろそういった努力を隠したがる傾向があった。

伏見猿比古が最初に入隊した際、特務隊の中であまりよい顔をしなかったメンバーの一人である。彼はこう言っていた。

〝は？　まだ十代のガキ？　しかも赤のクランからの転向組……俺らはともかくそれが秋山さんや弁財さんの上に立つ、ってのはちょっと違うと思わねえ？〟

その論旨《ろんし》は当の秋山や弁財が伏見を抵抗なく受け入れたため、特に問題とならなかったが、だからといって布施が他の隊員たちに比べて排他的である、とか狭量である、とは言えなかった。むしろ普通の職務機関であったら布施の主張こそ、組織の多数派を占めていたであろう。だが、セプター4——特に特務隊は、ただの会社や役所ではなかった。彼らの上司は社長でもなく、代表取締役でもなく、絶対の力を持つ〈王〉だったのだ。だから、伏見は淡島に次ぐ実質、ナンバー3の座となった。もちろん布施も最終的にはその人事に納得はしている。

ただ彼は秋山を始めとする仲間の気持ちをおもんぱかって、あえてそういう風な意見を言ったのだ。

ルームメイトである榎本には布施が言葉にしないその想いが理解できた。今、怒りを露《あらわ》にしているのもセプター4という自分の帰属集団を大事に思うが故である。

河野村善一の行動をこちらへの挑発、と解釈しているのだ。

「調子に乗りやがって」

憤懣《ふんまん》やるかたないという感じで布施がテレビの主電源を切った。榎本は溜め息交じりに言う。

「そうだね。完璧に弄《もてあそ》ばれているね」

「——おまえもそう思うよな？」

「うん。あれは……室長の言葉を借りれば、メッセージらしいよ？　つまり僕たちセプター4の限界を行動によって示しているんだって。確かに」

そこで榎本も悔《くや》しげに眉を寄せ、

「あそこに僕たちが公の立場で出動することはできないからね。まだ河野村本人を拘束するほどの法的要件が整っていない上に、今はマスコミも注視している。友達だかなんだか知らないけど、ジェームズ・D・セブルの滞在するホテル、というのは大した隠れ先だよ。下手に手を出すと国際問題になるから」

布施が舌打ちをした。

「なら、黙って見ているしかないってことか」

「まあ、基本そうだろうね」

それが大人の判断だろう、と榎本が溜め息交じりに肩を落としたその時、

「榎本君。布施君。いますか？」

ノックの音が聞こえた。榎本と布施は顔を見合わせ、反射的に立ち上がっていた。

「はい！」

「どうぞ、室長」

それは彼らの上司、〈青の王〉宗像礼司の声だった。失礼しますよ、と断りを入れて当人が部屋の中に入ってくる。

ただその着用している衣服が普段、見慣れた制服ではなかった。

彼は仕立ての良さそうな紺色のスーツを着ていた。

「……室長？」

「そのお姿は、えーと」

榎本、布施が困惑したような声を出した。宗像は少し笑って、

「おや、柄になく一張羅を引っ張り出してきたのですが——似合いませんか？」

榎本と布施が同時にぷるぷると首を横に振った。

「いえいえ」

「とてもよくお似合いなのですが」

実際、長身の宗像はスーツ姿がとても映えた。長い脚といい、適度に筋肉の乗った身体つきといい、そんじょそこらのモデル顔負けのスタイルの良さである。ただそんなスーツを着用している理由がよく分からなかった。

なにかパーティでもあるのだろうか？

「なに。少しお酒を飲みたい気分でしてね」

宗像は心なしか悪戯めかした笑い方で言う。

「あなたたちにお付き合いを頂きたい、とそう思ったのですよ」

それでも宗像の言っていることがよく分からなくて榎本と布施が目をぱちくりさせる。

「○○ホテルの中にね。とても良いバーがあるらしいのです」

それは河野村善一がセブルと共に宿泊している最高級のホテル名だった。

あ、とまず比較的、飲み込みの早い榎本が声を上げた。布施はまだ戸惑っている。榎本が早口で言った。

「えっと、室長。僕らもそこにお供してよいんですよね？」

「はい」

「あの、そのホテルは今、僕らに挑戦状をたたきつけている河野村善一が滞在しているホテルなんですが、ご存じでしたでしょうか？」

「おや」

宗像が心底、白々しい表情を浮かべた。

「そうだったのですか？　全く知りませんでした」

「――なるほど」

布施もようやくなにかを悟り始める。くすくす笑いながら榎本が言った。

「だったら、もし仮にですが、僕らが偶然、ばったりそのホテルで河野村善一と遭遇した場合、どうすればよいのでしょう？」

「そうですねえ」

宗像はいい加減にしろよ、と怒られるくらい空とぼけた顔で、

「まあ、もし仮に万が一。あくまで仮定の話ですが、我々がお酒を飲んだ後、帰り道に迷ってうっかり河野村氏の泊まっている部屋に行ってしまいご尊顔を拝見したら、そうですねえ。そこはやむを得ないから我々に同行して頂きましょうか？」

「あー、そうですね。酔っ払っている時は仕方ないですものね。でも、大丈夫ですか？　令状がなくても」

「なーに。彼もあんな形で我々に喧嘩《けんか》を売ってきているのです。もし捕まえたら法的根拠だのなんだの野暮なことは言わないでしょう。なにしろ天下の河野村善一氏なのですから、大人しく負けを認めてくれると思います」

「なるほど。そこら辺のどさくさを突くわけですね」

「おや、榎本君。あくまで仮定の話ですよ、仮定の」

「そうでしたね」

くくっと榎本が喉を震わせる。宗像が、

「――どうでしょう、布施君？　たまには気晴らしでも」

にっと深い色合いをした目で布施の顔を覗《のぞ》き込《こ》んだ。布施は握った拳を震わせていた。それから覇気《はき》溢れる声で答える。

「はい！　俺もちょーど酒を飲みたいと思っていました。待っててください。三分で支度します！」

宗像が破顔した。

三人はそれから○○ホテルに向かった。驚いたことに宗像はそのことをセプター4の誰にも告げなかった。

形的には本当に宗像がオフを取り、榎本と布施を連れてバーに飲みに行った体である。そのため宗像の言外にある河野村との対決に際しては自分たち二人に大きな責任がのしかかってくる。榎本と布施は軽く緊張していた。

その上、実際に足を運んだ○○ホテル内のバーが想像以上に格式高く、調度品は豪華で、バーテンダーには威厳があって、棚に並んだ酒瓶はどれもみな、高そうで、カウンターやソファ席に座っている客の身なりが立派で、そういう全てが入り交じった場の雰囲気に飲まれ、さらに萎縮《いしゅく》気味になっていく。

宗像はそんな二人の心情を察したのか、いつになく砕けた調子で、

「こういうのは何事も経験ですからね。まあ、二人とも。なにもそんなに畏《かしこ》まらなくても。要するにお酒を楽しめばよいのです」

そう言って不慣れな榎本と布施にアドバイスを送りながら注文を決めた。布施がドライマティーニ。榎本がチャイナブルー。宗像はスコッチのロックである。三人は軽く乾杯した後、和やかに話し始めた。

「うまいっすね、これ」

チャイナブルーを慎重な態度で光に透かしながら榎本が言う。

「飲んだの初めてです」

「――室長はよくこういうところに来られるのですか？」

ぎこちない仕草でカクテルグラスを口元に運びながら榎本が尋ねた。宗像はグラスの中の氷をからんと回して微笑んだ。

「まさか。私の給料ではそうそうこんなところには来れませんよ。普段はもっと安めのところで飲んでます」

その割に彼の姿はとても堂に入っていた。周りの恰幅《かっぷく》の良い年配客たちに全く位負けしていない。

やっぱり凄いな、この人は、と榎本、布施は思っていた。

最初はぎこちなかった若い二人だが、カクテルを何分か嗜《たしな》む内にアルコールの助けもあってかだいぶリラックスできるようになってきた。そうすると今度は逆に気分が少し高揚してくる。

なにしろあの宗像礼司に下手をしたら一生涯、縁がないかもしれないような高級なバーに連れてきて貰ったのだ。さらに言えば完全な非公式の活動とはいえ、宗像礼司直々の作戦行動《ミッション》へ特別に声をかけられて参加しているわけなのだ。

これが選ばれし王のクランズマンとして嬉しくないわけがない。

「室長」

布施が照れ隠しのようにぶっきらぼうに尋ねた。

「なぜ、俺たちをこの任務に選んでくれたんですか？」

「ん？」

「いえ。屯所には副長や秋山さんたちもまだいたじゃないですか？　なんで俺たち二人なんですか？」

宗像はちらっと布施を見てから、

「そうですね」

微笑を浮かべ、

「あなた方、二人が一番、やんちゃそうだからですよ。こういう正規な手続きに則ってない仕事には向き不向きがありましてね。あなた方がそういう意味では適任に見えたんです」

榎本はくつくつと笑って肩を震わせている。布施もやや苦笑して、

「確かに。こういうグレーゾーンな仕事は秋山さんや副長にお任せするのは申し訳ないですね。俺らみたいな胡散臭いのがお供した方がよいです」

「頼りにしてますよ」

宗像が優しい眼差しで二人を見た。それからくいっとグラスを空けて、

「――では、そろそろ参りましょうか？」

立ち上がった。既に会計は済ませてある。

「はい」

「はい」

全く酔いを感じさせない機敏な態度で榎本、布施も同調した。

ジェームズ・D・セブルが宿泊しているスイートルームの前までは驚くほど簡単に辿《たど》り着《つ》けた。

この○○ホテルはスイートルームへのアクセスをごく限定されたエレベーターでのみ行っていて、そのエレベーターはそもそもここに宿泊している客にしか発行されないカードキーによって稼働する。

なので一般客はスイートルームがある最上階にさえ入れない仕組みになっているのだが――

宗像はセブルと同じフロアに部屋を取り、宿泊していた。これには榎本も布施も驚いていた。

宗像は一般客とは別の、上客専用の受付でチェックインを済ませ、カードキーを受け取り、しれっとした顔でエレベーターに乗り込む。

ついてくる二人の若者の呆れたような眼差しに、

「今日、ここに来る前に予約したんですよ」

ごくなんでもないことのようにそう答えた。

「……あの、こういった格式のあるホテルのスイートルームって、そんな簡単にその場で予約を取れたりするものなのですか？」

榎本の質問に、

「いえ、普通は無理でしょうね。でも、私はこのホテルに大変、縁のあるさる大物政治家の弱みを握っ」

こっほんと咳払いをし、

「――ご厚誼《こうぎ》を賜《たまわ》っておりまして。その方のご好意で私名義で予約をして貰ったのです。あ、費用はもちろんこちら持ちですよ？　そんなことをしたら癒着《ゆちゃく》になりますし、第一、その方がかわいそうだ。最近、スキャンダルをもみ消すのに随分とお金を使ったみたいですから」

宗像はくすくすと笑う。榎本がなにか重ねて問おうと口を開きかけたが、それより前に布施が榎本の肩に手を置き、黙って首を横に振った。

もう触れない方がいい。

目が強くそう語っていた。榎本も怯《おび》えたような表情で頷く。そんな二人のやり取りをエレベーター内の鏡で見ていた宗像が微笑んだ。そうして特に障害もなく三人はセブルが泊まっているであろう客室の前に立つ。

拍子抜けしたことに警備の人間などは誰も立っていなかった。

「――」

宗像は微妙に表情を変化させた。彼が口中で何事か呟いたが、榎本にも布施にもその言葉はよく聞き取れなかった。

それから二人が驚いたことに宗像はドアノブを握ると扉をいきなり開けてみようと試みた。なんの前置きもない唐突な行為だった。しかし、当然というか、ドアにはロックがかかっているようだ。

宗像はすっと目を閉じた。

空気の薄いところで輝く星のような薄青い光が宗像の手に宿る。

一瞬の後、宗像がさして力を込めているようにも見えない感じでドアノブを回すと先ほどと異なり扉はすんなりと開いた。

布施も榎本も目を見張っていた。〈青の王〉の力にこのような扉を解錠する能力があるとは知らなかった。宗像は微笑んで、

「この扉の〝秩序〟のベクトルをほんの少しずらしたんですよ」

そう解説し、部屋の中へと一歩足を踏み入れた。

「ここから先は私一人に行かせてください。見張りを頼みます」

そう言って真っ直ぐ廊下を歩いていく。榎本と布施は、同時に敬礼していた。

廊下を抜けると三十畳ほどのリビングが広がっていた。品の良い調度品がバランス良く配置されている。そしてその中央のソファに一人の西洋人がどっかりと足を投げ出して座っていた。童顔によく整えられた口ひげ。ジーンズに黒いシャツというラフな格好で、靴はボロボロのスニーカーだった。

だが、男には奇妙な威厳があった。

超一流ホテルのスイートルームに泊まって居心地良く馴染《なじ》む人間はそうはいない。普通の人間はそもそもこんなところには来られないだろうし、仮に宿泊したとしてもあまり快適には感じないだろう。

なにしろ全てが広すぎて、豪華すぎる。

だが、目の前の男は単にこの環境を当然のこととしてくつろぐだけではなく、明らかに場を支配していた。

その身体に漂う風格は、このホテルのスイートルームがまるで全て彼のために誂《あつら》えられたかのような錯覚を与え、誰が部屋の主人なのかを無礼な闖入者である宗像に無言で教えていた。ハンバーガーのチェーン店にいるような庶民的な格好をしているのにもかかわらず、だ。

「それで」

ふいに男が南部訛《なま》りの英語で喋った。

「……君がレイシ・ムナカタだね？」

物憂げなようでいて目が面白そうに光っている。彼はゆっくりと身を起こした。

「はい」

宗像は最上級の敬意を込めて胸に手を当て、丁寧に一礼し、

「ジェームズ・D・セブルさんですね？　おくつろぎのところ誠に申し訳ありません」

そう謝罪する。古式ゆかしい、完璧なクイーンズイングリッシュだった。彼はセブルが自分の名前を呼びかけたことを全く驚いていなかったし、セブルの方でも突然、乱入してきた宗像に対して眉一つ動かさなかった。

悠然と、

「ほう。ミスタームナカタ。君はイギリスに留学経験でもあるのか？」

そんなことを尋ねてくる。

「はい。少しの間ですが」

歯切れ良く宗像が答えると、

「なるほど。ゼンイチは良い奴なんだが、英語の発音がひどすぎてね。小一時間も会話をしていると頭が痛くなってくる。君が来てくれてよかったよ、ミスタームナカタ」

「セブルさん」

宗像が間髪入れずに問いかけた。

「その河野村氏はどちらにいらっしゃるのでしょう？」

セブルが笑った。

「もう既に君は答えを知っているのじゃないかな？　ゼンイチは狩人の気配を察したアナグマのようにすたこらと逃げていったよ」

「やはり」

宗像は苦笑し、肩を落とした。

「やれやれ、鼻のきく御仁だ。こんなことならバーでお酒など飲まずに真っ直ぐにここに来ればよかった。それともそれさえもあの方の想定済みで結局、私は逃げられていたのでしょうか？」

「間違いなくそうだろうね」

セブルは一切、否定しなかった。

「ゼンイチはここから逃げ出す方法を十一通り僕に教えてくれたよ。その中には君が部下、一連隊を引き連れ、この部屋に踏み込んだ段階から脱出する手段さえあった。そしてそれ以外、僕にも秘密の奥の手が三つ。ミスタームナカタ。分かっていると思うが君が相手をしているのは〝怪物〟だよ？」

宗像が黙って頷いた。二人とも状況確認の会話を一切しなかった。宗像はセブルが部屋に悠然と座っているところ――いや、部屋の前にセキリュティがいない時点で、河野村の不在とセブルが全ての事態を河野村から事前に説明を受けていたことを察したし、セブルは宗像のその態度で彼が察したことを悟った。

二人とも互いの常人離れした洞察力を一目見ただけで見抜きあっていた。非凡同士はそれからしばし沈黙を保って紳士的かつ理知的に視線を交わした。

セブルはゆっくりと目を細めた。

「――でも、ミスタームナカタ。君にとってもこれは予測の範囲内だったんじゃないのかな？　君は本当にゼンイチをここで捕まえたかったのかい？　逆に彼がまごまごとこんなところにいたら失望していたんじゃないのかな？」

「……」

宗像は少しの間、考えた。それから首を横に振る。

「違いますね。正確にはどちらでも構わなかった。私の率直な本音としてはただ河野村氏に会ってみたかっただけなのです。なにしろ彼は私に散々、ラブコールを送ってくださっている方ですからね。彼のことを私も知りたいのですよ」

にこっと笑い、

「では、どうもお騒がせいたしました」

また最敬礼をしてきびすを返した。

「まちたまえ」

セブルが声を発した。

「ひどいと思わないか？　もう少し私の相手をしていきなさい」

宗像が足を止め、振り返る。

「はて。相手、とは」

「私はね、ミスタームナカタ。今、君にとても嫉妬しているんだよ」

「嫉妬？」

「決まっているだろう！　私の親友、ゼンイチを君が取ったからさ」

セブルは気怠《けだる》げな印象なのになぜか異様なエネルギーを感じさせる独特の目つきで笑って、

「私はね、基本的に出不精《でぶしょう》で自分の国から離れるのが嫌いなのさ。だけど、今回はやむを得ない義理があったし、それにゼンイチの住んでいる国だからね、彼と旧交を温める良い機会だと思ってこうして日本までやって来た。ところがゼンイチときたら私と語り合うよりも君との鬼ごっこに夢中だ。しかも屈辱的なことに私を安全に帰国するためのダシにまで使ってね。この感情はね、悔しいけど、ミスタームナカタ。嫉妬だよ」

彼はサイドテーブルの上に載っていたバーボンのボトルを取り上げ、グラスに注いだ。

「君も一杯やるかい？」

宗像に誘いかける。

「いえ、結構です」

宗像が断ると、

「そうか。私は安物だけど、これが好きでね」

ぐいっと琥珀色《こはくいろ》の液体を煽《あお》り、ふうっと一息ついた。

「私の先祖がアラバマに移住した頃の写真がこの前、実家の屋根裏から出てきたよ。見ると祖父のそのまた祖父がこの銘柄のバーボンを飲んでいた。それを知ってね、ミスタームナカタ。私はとても嬉しくなったよ。このバーボンを飲んでいるのは単なる偶然ではない、私の一族の嗜好《しこう》と伝統が反映されているのだと知ってね。私は運命《FATE》と神《GOD》と祖国《STATE》と家族《FAMILY》に選ばれているのだとまたはっきりと分かったからね」

「――」

宗像は微《かす》かに表情を動かした。

「どうぞ、ミスタームナカタ」

セブルが口元に冷笑を浮かべ、指摘した。

「こう言いたいのだろう？　随分と大仰なヤツだって」

「――卑俗な言い方をすればそうです」

くくっとセブルが笑った。

「君は見えないのかな？　世界は見えない糸で結ばれた示唆に満ちていると？　君には聞こえないのかな？　常に神の啓示を囁きかけようとする天使の羽ばたきの音を？　君は感じないのか？　ひとたび魂の階梯《かいてい》を上がれば全ての偶然は必然であると？」

「――」

宗像はその問いかけには答えなかった。代わりに、

「セブルさん。一つ質問をよろしいでしょうか？」

セブルはまたバーボンを口に含み、アメリカ人らしい大仰な動作で肩をすくめた。

「構わないよ。君の質問は常に大歓迎だ」

「では、失礼して。あなたは、あなたが経営される企業名にも採用されてますが、己の生涯の道を選択される際、コイントスをしましたね？　なぜでしょう？」

「変かな？」

「普通は」

　宗像は微かに笑った。

「自分の人生の一大事をそのように決める人は少数派だと思います」

「簡単だよ、ミスタームナカタ。私はただこう思ったのさ。コインの結果が全て私にとって最良なものとなると。言い換えるとね」

　セブルの瞳がアメリカ南部に広がるスワンプ《沼》のような、ぬめりのある光沢を帯びた。

「世界は必ず私に対して最良を提供するだろう、という確信が私にはあるのさ。なぜなら私はこの世界から必然をもって選ばれし人間だからね。君は違うのかな？　ミスタームナカタ。ゼンイチが言うところのドレスデン石盤に選ばれし〈王〉たる君にそういう確信はないのかい？」

「――どうでしょう」

　宗像は少しの間、考え込んだ。それから単なる傲慢《ごうまん》なのか自分を知り抜いたからこその自信なのか、悪びれることなく、こう答えた。

「私は人よりも秀でた人間だという自負はありますが、そういったことには興味もないので取り立てて深く考えたこともありません。ご期待に応えられなくて残念ですが」

ごく軽い、あっさりとした言い方だった。ふいにセブルの目から光が抜け落ちた。彼は深々と溜め息をつく。

「なるほど。それは謙遜でも嫌味でもなく君の実感のようだね。いいよ、ミスタームナカタ。私が聞きたいことは全て聞いたかもしれない。もう帰っていい」

「――では、失礼して」

突然のセブルの言葉にも気分を害した風はなく宗像は笑みを浮かべた。再びセブルに背を向ける。セブルは言った。

「ミスタームナカタ。一つだけ忠告だ。ゼンイチは私以上に神から、世界から、歴史から、国から、全てに選ばれた男だ。君は運命に選ばれた〝怪物〟を相手にしているのだよ？」

そこには本気の心配が込められていた。彼はさらに付け加えた。

「ゼンイチはね、世界でも数少ない私が本当に恐れた男だ。集中し、興に乗っている時のあれはもはや」

言葉を切ってから、

「天災《DISASTER》だよ。人間ではない。彼からこう伝えてくれ、と言われたよ？〝君から全てを剝いでいく〃とさ」

宗像は足を止め、ちらっとセプルを振り返って、

「ご忠告感謝します」

そのまままた真っ直ぐに前を向き、歩み去っていった。優雅な笑みを含んだ実に楽しそうな声音だった。その後ろ姿が見えなくなった後、セプルは肩を落とし、苦笑し、またグラスを掲げ、こう呟く。

「私はやはり――嫉妬しているのかな？　あの二人に」


晴れ渡った青空の下で伏見猿比古はしくしくと痛む頭に顔をしかめ、こらえていた。彼の頭痛の原因は幾つかあった。

まずこの容赦なく降り注ぐ脳天気な陽光。

次にそれを反射させる白い屋根や壁の豪邸。目の前に広がるプールはきらきらとうっとうしいくらいに光り輝き、その周りに広がるバカみたいに丁寧に刈り込まれた芝生は押しつけがましいくらい爽やかな緑色を、目の奥に無理矢理、差し込んでくる。

そしてバーベキューグリルからもうもうと立ち昇る煙。

なにより健康的な半袖や短パン、サンダル姿のアメリカ人たち。

少し離れた丸テーブルでビールを片手に歓談している一団からはこんな声が聞こえてくる。

「だから、ワイフに言ってやったのさ。俺が今、食べているのはピーナツバターだってね」

本当にそんな典型的な感じでジョークのパンチライン《決めぜりふ》を言うアメリカンがいるとはこの国を訪れるまで思っていなかった。が、実際、来てみたら本当にいた。喋り手も聞き手もそれと同時にHAHAHAHAと笑っていた。

（なにが面白いんだか皆目、分かんねえ）

げんなりしてこの国で数少ない味覚的に安心できる飲料——ペットボトルの水を口に含む。

先ほどの会話も日本で言うとこれぞ関西人というおっさんが、こてこての関西弁で、面白い話をしているようなモノなのだろうか？

（まあ、どっちにしても俺には合わないけどな）

この国の食事だってそうだ。飲料は甘すぎるか、炭酸がきつすぎる。食べ物は大味で、油っぽくて、量が多すぎた。

できるならホテルの自室でひっそりと自分だけで淡泊なモノを口にしたかった。伏見にとって食事とはそういうものなのだ。

断じてこんな紫外線の真下で大味なビーフやポテトを健康的に頬張ることではない。また自然と溜め息が出る。

（来るんじゃなかったな、ホームパーティなんて）

こちらに来てからずっと世話になっている人物から誘われたので、どうしても断り切れなかったのだ。

（どうやって逃げようか……）

思案を巡《めぐ》らしている内にふと赤のクラン、十束多々良《とつかたたら》のことを思い出す。あの妙に人の懐《ふところ》に入ることが上手い男だったら、きっと今頃、あの輪に加わってアメリカンジョークの一つや二つ平然と飛ばしていただろう。

英語がほとんどできないにもかかわらずだ。

（俺には真似できねえ、な）

語学力の優劣はコミュニケーション能力とは全く関係ない。伏見はそのことをよく知っていた。そこへ、

「おい、サルヒコ。楽しんでいるか？」

口ひげを蓄えた恰幅の良い男がこちらに向かってきた。スラックスにサスペンダー。首に金のネックレスをかけ、左右の手に太い指輪を三つほど付けている。頭がだいぶ禿げ上がっているが、動作はいかにもきびきびしていて、精力的だった。

その隣にびっくりするくらい長身でスタイルの良い小麦色の肌をした美女が並んで歩いてく

る。伏見が今回の出張で世話になったＦＢＩ国家公安部次長のマシュー・Ｋ・ゾルバとその妻、リンダである。

「ああ、はい」

伏見は頷いてみせた。今回のパーティのホスト夫妻だ。乾いた口調で、

「楽しんでますよ。皆さん、楽しい方ばかりですね」

そう社交辞令を述べる。ただ顔は一切笑っていない。

マシューは近づいてくると、

「がははは。そうか、それはよかった。おまえ、ここ最近、仕事のしすぎで顔色が良くなかったからな」

ぽんぽんとその毛深く大きな手で伏見の肩を叩《たた》いた。

違う、と思った。

自分の体調不良は決して仕事のせいではない。単純な勤務時間や仕事量だけなら日本にいた頃の半分もない。伏見にとっては休暇に来ているようなモノだった。ただ食べ物と明るい人のノリについていけないのだ。

一日、ホテルの一室で誰とも会わず、ゲームでもしていれば多分、自分は回復する。だが、目の前の頭も抜群に切れ、行動力も卓越した捜査官上がりのＦＢＩの要人にはそんな人種がい

ることさえ想像できないことなのだろう。

日に当たり、人とお喋りし、たらふく食えば人間は元気になる、と頑《かたく》なにそう信じているのだ。

「ほら、沢山、食べてね、サルヒコ」

モデルみたいな美女なのに妙に世話焼きおばさん風なリンダが、肉とポテトが載せられたプレートを差し出してきた。

「――どうも」

危うく舌打ちしそうになるのをなんとかこらえ、ぎこちない笑顔を浮かべてその皿を受け取ろうとしたその時、ポケットの中のタンマツが着信した。

伏見はそれを取り上げた。

日高からの発信だった。

「――」

ちらっとマシューを見ると、

「仕事か？」

目つきが鋭くなった。

「私たちに気兼ねせず早く電話に出なさい、サルヒコ。会話の内容を聞かれたくなかったら東屋《あずまや》の方に行くとよい。私もよくそうしている」

さすがに叩き上げの男は理解が早い。

伏見は小さく頭を下げて、その場を離れた。リンダが残念そうにこちらを見ているが、見るからにげんなりする大量の肉とポテトの塊を食べずにすんだことで伏見の心はほっとしている。

マシューのアドバイス通りプールの先の東屋に赴きながらタンマツを操作した。珍しく心の中で日高を褒めていた。

「伏見だ」

『あ、伏見さん？　実は日本で大変なことが起こりまして』

一分後、伏見は本当に珍しいことだが頓狂《とんきょう》な声を上げていた。

「は？　秋山が？　捕まった？」

捕まっただけならこんなに驚きはしなかった。

なにより耳を疑ったのが――。

「痴漢、だと？」

こうしてセプター4、特務隊の要の一人である秋山氷杜逮捕の一報は海を越えて伏見猿比古にまで伝わった。

電車に乗っている最中に女子高生のお尻を触った、という容疑らしい。振り返った女子高生に腕を摑まれて告発され、やって来た駅員に駅員室まで同行を求められ、そこで警察を呼ばれた。

秋山はもちろん終始一貫、毅然として犯行を否認していたが、目撃証言が多数あったためそのまま所轄署に任意で連行され、勾留されることになった。

取り調べの最中、秋山は弁護士の接見を要求し、その弁護士から淡島に連絡があってセプター4一同はことの顚末《てんまつ》を知ることになった。

その結果、道明寺、榎本、布施、日高、五島がなんとはなしに食堂に集まって、なんとなく互いに居心地悪そうに顔を見合わせている状態だった。現在、弁財や加茂は留守で、宗像と淡島が善後策を検討中、とのことだ。

「しかし、全くバカな話だよな」

黙っていることに耐えきれなくなったのか突如、布施が吐き捨てるようにそう言った。

「秋山さんがそんなことするわけがないじゃねえか」

今、みんなの胸中にあった口には出せないもやもやをたった一言の下に否定してくれた。それに安堵したのだろう、日高が熱っぽく追随する。

「そうそう。全くひどい話だよ」

「ありえないよな。ほんと」

榎本が憤慨したようにテーブルを手のひらで叩き、五島がゆっくり深く頷いた。だが、この中で唯一、空気を読まず、疑念をそのまま口にする男がいた。

「ま、でも、その被害者の女の子はそう言ってるんだよな？　なんでかな？　なんでだろう？」

道明寺だった。

場の流れはたとえどんな証拠や証言があってもとりあえず否定して、自分たちの気持ちを結束させよう、というものだった。

ただ道明寺は、まさにそこが道明寺たるゆえんだが、湧き起こった疑問をなんのオブラートにも包まず、ただ己の気持ちに従って提示した。

彼が秋山を疑っている、とかそういうことではない。それとは別の次元で思っていることをただ述べたのだ。

周りがぎくりとした表情になった。それから日高が、

「……本当の犯人と間違えられた、とかじゃないですかね？」

恐る恐るそう言う。

「あ、そうだな」

布施がすぐさまそれに乗っかった。

「恐らく近くに立っていたから間違えられたんだよ。秋山さん、あれで結構、鈍《どん》くさいところがあるからさ」

「でも、目撃者がいるんだろ？」

悪意なくそう指摘していく道明寺。

「しかも何人もいるみたいだし。後ろ向きで触られていた女子高生ならともかく周囲の人間がそんなに見間違えるものかな？」

「……」

黙って顔を見合わせる布施と日高。不安と困惑がそこには現れている。そこへ榎本がなにかを思いついた、というように明るい声を出した。

「分かった！　秋山さんはあれだ、はめられたんだよ！」

「はめられた？」

ぴんと来ていない日高に、

「ほら、いるだろう？　そうやって無実の男をはめて示談金をよこせ、とか言うたちの悪い女がさ」

「――」

布施、日高は考え込んでいる。榎本が畳みかけるように、

「今時の女は若くても怖いんだよ？」

ここら辺で手を打っておこうぜ、という風にも見えた。布施と日高が強ばった笑みで、

「そうか……そういうことだったんだな」

「そう。そうだよ！　秋山さん、はめられたんだ。全くたちの悪い女子高生だよ」

盛り上がりかける一同。だが、そこに冷や水を浴びせたのはまたしても道明寺だった。

「……いや、無理でしょ？　さっきも言ったけど何人も目撃者がいるみたいだし、その全員がぐるだった、って考えるのは少し難しいんじゃないかな？」

一同、

（もー、道明寺さん！）

心の中で叫んでいた。全員、万に一つもそんなことはない、と信じているのだ。だが、もしかしたらその万に一つが起こったらどうしよう、と不安になっていて、その不安を口にすることができないでいる。

「違うと思うけどねえ」

ぼそっとそう呟く五島。道明寺がうーんと腕を組んだ。その時である。

「そうだ！　忘れてた！」

榎本がふいに声を張り上げた。彼は驚いている仲間たちにこう説明する。

「僕さ、前に秋山さんの好みの女性のタイプを聞いたんだよ。そうしたら秋山さん、結構、年上好きだって」

「あ、俺もそれ聞いたことあるかも」

日高が言う。

「弁財さんが〝秋山は熟女とかもいけるタイプなんだよな？〟って秋山さんをからかってて秋山さん、苦笑してたけど別に否定はしてなかったなあ」

「――確かに。秋山さんてなんかこー、人妻とか好きそうな感じだよな」

憶測で勝手にモノを語る布施。場の雰囲気が変わり始める。道明寺も今回は否定しない。榎本が調子づき、

「だからさ、仮に――仮にだよ？　もし秋山さんが痴漢をしたとしてもさ、女子高生相手ってのはちょっと考えにくいんだよ！」

「そっか。そうだよな。年上の熟女、人妻好きなら女子高生は狙わないよな」

さらに秋山に性的嗜好をつける布施。日高がこれまた大真面目に、

「そうだよね。異性への好みってそんなに簡単に変えられないから」

「みんな」

榎本が周りを見回し、

「たとえ今後どんなに不利な状況証拠が出ても俺たちだけは絶対に秋山さんの性癖を信じよう！」

おう、力強く応える結束の固いセプター4特務隊隊員たち。五島が、

「青春だねえ」

ずずっとお茶を啜る。周りが秋山を今後どうやって支援していくかで盛り上がる中、道明寺だけは腕を組んだまま、首を捻っていた。

「うーん。ほんとなんでだろう？　どうやって秋山に濡《ぬ》れ衣《ぎぬ》を着せたのかな？」

もしかしたらこの場にいる者の中でほんのわずかな疑念さえなく秋山を信じているのは彼だけなのかもしれなかった。


「さて。秋山君にも困ったモノですね。寮生活でよほどストレスが溜まっていたのでしょうか」

「室長」

じろりと淡島に睨まれ、宗像は首をすくめた。

「冗談ですよ。まあ、秋山君は間違いなく誰かにはめられたのでしょうね」

淡島は深く頷いた。

「私も全く同感です」

「問題は」

宗像は執務室の机に肘をつき、手の甲に顎を乗せるいつものポーズを取ってから、

「秋山君をはめた人間が誰か、ということです。たちの悪い女性の浅はかな示談金狙いだったらよいのですが」

「——帰国した河野村善一の罠《わな》、という可能性があるのですね？」

淡島は眉をひそめてからさらに、

「問題は秋山に痴漢の濡れ衣を着せてなんの意味があるのか、ということですが」

宗像は上半身を起こし、手を広げた。

「その通りです。ですが、こういったこと、いかにもあの悪ふざけが好きな御仁が仕掛けてきそうなことなので解釈に困ります。淡島君。秋山君はなにゆえ電車に乗っていたのですか？」

「……怪しい動きをしていた河野村善一のかつての秘書を尾行していたのです。どこかで河野村と接触があるのではないかと、私が命じておりました。そのため連行された時の秋山は私服でした」

「なるほど。では、その秘書も近くにいたわけですか」

宗像は額に手を置き、

「まあ、それはもう完全に河野村氏が仕掛けた罠、と判断してもよいでしょうね。問題はどのような手口が使用されたか、ですが——淡島君、弁護士の先生と協力して当時の状況を可及的

速《すみ》やかに明らかにしてください」

「はい！」

淡島は歯切れ良く返事をし、情報収集を急ぐべく部屋を退出した。宗像は軽く溜め息をつく。

「どうやら宣言通り河野村氏が攻勢に打って出たようですね。しかし、出だしがこれですか」

それは半ば呆れているような苦笑交じりのものだった。宗像がやれやれ、と席を立ちかけたその時である。

「室長！」

珍しくノックを忘れ、淡島が慌てた様子で部屋に舞い戻ってきた。手にはタンマツを掲げている。青ざめた表情で、

「大変です。あ、秋山が、秋山が」

「淡島君」

宗像は悠然と、

「とりあえずどんなことが起こったのか知りませんが、一度、落ち着きましょう。まずは深呼吸を一つ。ね？」

淡島ははっとしたように我に返った。それからみるみる赤面をし、咳払いをする。

「し、失礼しました。つい取り乱してしまいました」

「構いませんよ」

くすっと笑って、

「人間そういう時もありますから。で」

声の調子を落として、

「いったいなにがあったのですか？」

「は」

淡島は強ばった表情で答えた。持っていたタンマツを指し示しながら、

「秋山の一件がニュースになりました」

宗像がよく見ると淡島のタンマツはとあるタブロイド紙のネットワークサービスを映し出していた。そこには扇情的な見出しでこう書かれていた。

『政府機関の秘密エージェント、通称〝青服〟の一員、痴漢で逮捕？』

「ほう」

宗像はたっぷり五秒ほどその画面を見つめてからこう呟いた。

さすがに驚いているようだった。

第四章　誇りある公僕たち

秋山は接見室で弁護士の到着を待っているところだった。まだ勾留されて半日ほどしか経っていないのに秋山の顔には明らかな憔悴《しょうすい》が見て取れた。

心なしか目は落ちくぼみ、うっすらとだが無精髭《ぶしょうひげ》が生えたように見える。秋山は高校時代は全国的にも厳しい練習で知られる剣道部に所属し、卒業してからは国防軍で徹底的に心身を鍛え上げている。

生真面目でそれなりに男前の風貌の奥にはなまじかなことでは動じない鋼《はがね》の精神が宿っていた。たとえば秋山は牙をむき出しにした猛獣やナイフを持った悪人を前にしても相手を恐れて身をすくませるようなことはしないだろう。直接的な痛みや苦しみならそれが止むまで耐えきることができるはずだった。

だが、このようなケースには秋山の鍛錬は全く意味を持たなかった。

（秩序を護るべきセプター４の隊員たる俺が捕まってしまった――しかも痴漢で！）

主に自責の念から秋山はやつれているのだった。

もちろん彼は自らが無実であることを知っている。百パーセント濡れ衣だし、はめられたことも薄々悟っていた。

問題はそれがどのような方法だったのか、ということだが——。

(もう一つ)

とても気になることがあった。果たして仲間はどこまで自分を信じてくれるのだろうか？

宗像や淡島はともかく特務隊辺りはなにかとんちんかんなことを言ってるような予感がした。

「はあ」

溜め息をまたつく。

ただ一つだけはっきりと分かっていることがあった。それは彼の相棒である弁財酉次郎だけは自分のことを絶対に信じてくれている、ということ。

二人の付き合いは長い。

死線も一緒にくぐり抜けた。

互いに命を預けられる人間、というのは恐らく一生涯かけても誰もが見つけられるものではないだろう。だが、秋山はそれを持っていた。

弁財がそれだ。

秋山にとって弁財はまさに〝相棒〟そのものだった。

国防軍からセプター4まで誰よりも長い時間を共に過ごしてきた。互いの癖や考え方は手に取るように分かる。

そして信じられる。

（あいつなら）

弁財は考えていた。

（あいつならきっと俺を信じてあるべき風に動いてくれているだろう）

秋山がなにを欲し、なにを望んでいるかも。

相棒の存在を考えたら不思議と腹が据わってきた。とりあえず秋山が今やるべきことはただ一つ。

自分の冤罪をなんとしても晴らすことだ。

そのためには――。

その時、ドアがノックされた。どうやら弁護士が到着したらしい。秋山は、

「どうぞ」

立ち上がりながらそう答えていた。

とりあえず自分の現状を法律の専門家と話しあうことから始めよう、とそう思っていた。

秋山の相棒であるところの弁財はセプター4寮内の自室で自らの荷物をまとめていた。開けっ放しにしたドアを形式的にノックして日高が声をかけてきた。

「あの弁財さん」

「ん？　どうした？　日高」

てきぱきと旅行鞄《かばん》にタオルと洗面用具を詰め込みながら弁財が応じた。

「その」

日高は遠慮がちに、

「なにかお手伝いできることはないかと思いまして」

弁財はこれから北海道に発《た》つ予定だった。普段はあまりないことだが、東京から逃亡したストレインが釧路《くしろ》で目撃されたため、その真偽を確かめに行くのだ。

こういった案件が起こると秋山と弁財が特務隊を代表して処理することが多かったが、今、弁財の相棒は行動の自由を制限されている。そのため今後、しばらくは弁財一人でこういった業務を全てこなしていかなければならなかった。

「なんだ」

弁財は日高を振り返り、口元に笑みを浮かべた。

「——秋山がいないから俺に気を遣ってるのか？」

「ええ、まあ、はい」

その原因が原因なだけに日高も妙に歯切れが悪い。そんな日高の逡巡を見て取ったのか、

「大丈夫。秋山は百パーセント無実だよ」

弁財はそう言ってのけた。日高は最初、驚いた顔をしていたがすぐに、

「ほ、ほんとうですか、弁財さん？」

他の誰でもない。秋山と一番付き合いの長い弁財がそう言うのだからその言葉が一番、信じられる気がした。

だが、弁財は真面目くさった顔つきで、

「そりゃあそうさ。だって、あいつは筋金入りの年増《としま》好きなんだからな」

「は？」

「痴漢するにしても女子高生はないよ。な？　そうだろ？」

弁財がくすくすと笑い出してからようやく日高は自分がからかわれていることに気がついた。

「べ、弁財さん」

ふいに弁財が溜め息交じりに日高を見た。

「——日高。秋山はそんなことをするヤツじゃない。それでもうよくないか？　それとも俺た

ち特務隊の間柄でもっと別の証拠が必要か？」

それは低く、落ち着いてはいたが鋭い怒りさえ感じさせる声だった。日高はすぐに背筋を伸ばした。

「は、はい！　そうですよね。はい。全くその通りだと思います！」

自分がなにかとてつもなく失礼なことを言っていた気がした。そして不思議なことにそう言い切って貰えてひどくすっきりとした気持ちにもなっていた。弁財はまたクールな笑みを浮かべた。

「分かってくれて嬉しいよ、日高。そこでそんなおまえに一つ頼みがある」

「はい、なんでしょうか、弁財さん？　やれることなら俺なんでもやりますよ！」

そんな風に勢い込んで答えた日高に、

「万が一、秋山の勾留が長引く場合、これをあいつに差し入れてくれないか？」

そう言って弁財は秋山の寝台を指さした。そこには小さなリュックが一つ載っていた。

「あいつの服やら洗面具などの必需品だ。これでたとえあいつの勾留が一月《ひとつき》くらい延びても特に不自由はしないはずだ」

「！」

日高は驚いていた。弁財は自らの出張準備と並行してこれらの荷造りを行ったのだろうか？

「別に大したことじゃないよ」

そんな日高の心情を見て取ったのか弁財は肩をすくめる。

「俺たちは国防軍上がりだからな。どんな僻地《へきち》に行く任務だろうと、荷造りは十分以内にやらないと教官にどやされたもんなんだよ」

「——なるほど」

改めて思う。今でこそ宗像礼司の下、同じ特務隊隊員として肩を並べているが、秋山、弁財は自分や榎本、布施などとは明らかにそのスキルや気構えで一線を画していた。〝及ばないな、頑張って追いかけなきゃ〟とそんなことを思いながら日高は尋ねた。

「この荷物は今、俺が持っていった方がよいですか？」

「——いや」

弁財は少し考えてから、

「とりあえずしばらくここに置いておいてくれ。持ち出すのは秋山の状況がはっきりと分かってからでいいよ」

「はい」

「あとできたらチョコレートかなにかをオマケで入れておいてくれないか？　あいつ疲れている時はよく甘い物を欲しがるからさ」

「はい！」

日高は即座に返答した。

「ちょうど俺の部屋に買い置きがありました。すぐ取ってきます！」

そう言って小走りに部屋を出ていった。

その後ろ姿を微笑と共に見送ってから弁財はまた荷造りを再開した。彼にとって今、やらなければならないことははっきりとしていた。

それは秋山が現在、もっとも望んでいること。

すなわち——。

セプター4の職務を滞りなく遂行していくこと。

やや不器用で責任感の強い男がなにより気にしているのはきっと己の名誉を守ることでも、その行く末でもなんでもなく、自分がいなくなったことによってセプター4の活動に支障が生じるのではないか、ということ。ただそれだけ。

秋山はその能力によっても、気概によっても、特務隊の実質的な中核を担う男だった。

(でも、その割に妙に脇が甘いんだよな)

弁財は苦笑する。

今までそういった部分をフォローしてきたのが秋山よりも冷静で、俯瞰的《ふかんてき》な物の見方ができる弁財だった。

他の誰が分かってやれなくても、〝相棒〟たる自分は秋山の真意をくみ取ってやらなければならない。彼の無実が証明され、隊に復帰してきた時、ごく軽い調子で〝ああ、別におまえがいなくてもなんの問題もなかったよ〟とそう言ってやらなければならない。そのためにはできるだけ早く出張先から帰還して秋山の分も自分が穴埋めをしよう。

弁財はそう決心し、荷物をまとめると部屋を出ていった。

それらの想いが全て無駄になることを知るよしもなく。


「……なに？　分かった。なるほど。それは仕方ないな。引き続き処理を頼む。うむ。こちらのことは心配しなくてもいい。大丈夫だ」

淡島はそう言ってタンマツの通話を切った。ふうっと溜め息。それから運転席の宗像礼司に向かって報告した。

「宮城と沖縄にもストレイン犯罪の容疑者が目撃されたため、引き続き、弁財が赴《おもむ》くそうです」

そのとたんまたタンマツが着信した。淡島が応答する。

「はい。淡島。うん。うん……それで、うん。なに？　またか。なるほど――いや、それは行かないわけにはいかないだろう。ご苦労だが引き続き頼む。うん。秋山のことは心配するな、こちらで手を打っている。うん、分かった。頼むぞ」

ぱっと電話を切り、宗像に向かって、

「高知と福岡でも別件が発生しました」

さらに苦虫を嚙《か》みつぶしたような表情で、

「追加だそうです」

そう付け加える。宗像が苦笑した。

「またえらくあちらこちらで事件が起こりましたね。これでなんですか？　弁財君は宮城から沖縄から高知から福岡に赴くわけですか。もはや日本全国を舞台にした双六《すごろく》ですね」

「他の一般隊員たちも手分けして地方に出張しているのですが、やはりどうしても弁財クラスが直接、赴いて指揮をしないと処理しきれないそうで」

「まあ、そうでしょうね」

「室長。これは」

淡島が宗像を見やる。宗像はハンドルを切って左折しながら答えた。

「ええ、間違いなく河野村一派が仕掛けたことでしょうね。いったいどういう風にやったか詳細までは分かりませんが、日本全国にストレイン犯罪を起こし、こちらの人員を首都の外に誘い出す腹づもりでしょう」

小首を傾げ、

「もしかしたら秋山君の痴漢冤罪事件と同様、これら一連の出来事も弁財君だけを狙い撃った作戦なのかもしれない」

淡島がはっとしたように宗像を見ている。宗像は淡島の目を見て、重々しく頷いた。

「それだけ彼らはこちらの人員の特性や性格を承知しているのですよ。秋山君は経歴、人柄、実力、全て特務隊の中核と言ってもよい人材です。そして弁財君は時にその補佐役でもあり、場合によっては単独でリーダーにもなり得る。河野村氏は〝私から全てを剝いでいく〟と宣言したのですが、案外、これがその意味なのかもしれません」

淡島は複雑な顔つきになった。

「――」

彼女の立場は特務隊とは異なる。あくまで宗像の副官である。それでも微妙な気持ちになるのはどうしても抑えきれなかった。

〝もしかして河野村は私よりも秋山や弁財の方を重要視したのか？　奴らの方がより室長のお役に立っていると考えたのだろうか？〟

そうではない、と思いたい。

青のクランの序列的にも自分の方が上なのだ――だが、運転席に座っている宗像を見ていると段々と自信がなくなってきた。

普段、宗像が外出する際は秋山や弁財、状況によっては日高、榎本が運転手を務める。だが、今日は宗像自身が車を運転していた。理由は簡単で淡島があまり運転が得手《えて》ではないためである。

下手ではない。

が、若干、方向感覚が良くないし、車庫入れもちょっと苦手だ。

従ってごく自然と宗像がハンドルを握っている。

「──」

そんな淡島の様子を見て取ったのだろう、宗像が微笑を浮かべて言った。

「なので、淡島君。これからは秋山君と弁財君がいない分、あなたに業務の負担がかかってきます。しっかり頼みますよ」

「──」

淡島の頬がちょっとだけ赤くなった。しかし、すぐに、

「はい。お任せください、室長」

そうはっきりと返事をする。

彼女とて子供ではない。宗像が自分の思考を読んで慰撫《いぶ》の言葉を投げたことは理解している。

それがちょっと気恥ずかしくて、同時に嬉しかった。

　きりっとした表情で考える。

（そうだ。私がやるべきことは一つ。きちんと仕事をこなすだけ。ここで無駄なことを考えてはそれこそ河野村の思うつぼだ）

　すぐにメンタルを切り替えた淡島を頼もしそうに見やってから宗像が言った。

「ただ問題はもしこれが河野村氏の仕掛けならまだまだ事件が続きそう、ということですねえ」

　淡島も深く頷いていた。二人は予感していた。これで決して終わりではなく、むしろ始まりだということを。


　どうしても受け身になってはいたが、宗像とて手をこまねいていたわけではなかった。日本に入国し、いずこかに潜伏しているであろう河野村を捜索しようとはしていた。ただそれは切れ者、宗像礼司には珍しく難航作業となっていた。

　理由は簡単で宗像礼司の手元に有効活用できる手段《ツール》がなかったからである。

　まず第一に彼が長を務めるセプター4はそもそもストレインを管理し、その犯罪を抑制する組織である、ということがあった。

　ストレインを捜索し、管理し、場合によっては交戦して、制圧するノウハウや技能は前代の羽張迅《はばりじん》の頃から蓄積があったが、ごく普通の一般人を効率的に探し出す装備も経験も人員もほとんどなかった。

警察機構以外にもＦＢＩやＣＩＡといった情報収集機関を持つアメリカならいざしらず、この国ではやはり警察こそが最大の捜査機関なのだった。

そしてまだセプター４の長たる宗像にはその警察権を対ストレイン犯罪以外で動かすような正当な法的根拠もグレーゾーンなコネクションもなかったのである。

これがもし宗像が今よりも二年早く〈青の王〉となっていたらまた話は違っていたかもしれない。

だが、優れた資質を持ってはいたものの、宗像の〈王〉としてのキャリアはまだ浅く、セプター４以外にも影響を与えるような社会的、人脈的な力を熟成する時間はなかったのである。

彼が組織の枠を超えて様々な便宜《べんぎ》を図ったり、図られたりすることができるのは、職務上で知己を得たごく数名の政治家、起業家だけだろうか。

そのため今回の河野村捜索に際しては宗像は民間の調査機関を利用する方法を取った。宗像は優良かつ日本全国に調査網を持つ調査会社やサービス機関を幾つか選定し、そこにかなりの予算を割いて河野村善一を捜索させた。

人捜しのプロである調査会社は公平に見てかなり優良な仕事をしたが、河野村善一の行方は杳《よう》として知れなかった。


「淡島君。淡島君」

肩を優しく揺すられて淡島ははっとして目を覚ました。寝ぼけ眼《まなこ》で辺りを見回し、自分を起こしたのが自らの〈王〉であることに気がついた淡島は赤面してばっと立ち上がった。

情報処理室で残務を処理している間にどうやらうたた寝をしてしまったらしい。彼女は気がついていないが、突っ伏して寝ていたため、頬に袖のあとがしっかりとついていた。

「し、失礼しました、室長！」

淡島が敬礼をしながら謝ると、

「あー、気にしないでください」

宗像はぞんざいに手を振った。

「もう夜の二時です。当然、身体が睡眠を欲する時間ですよ。あなたはなにもおかしくはない。仕事を切り上げ、寮に戻ってください。他の人たちはそうしてますよ」

宗像の言う通りがらんとしただだっ広い情報処理室には彼女しかいなかった。この部屋は人感センサーによって照明の制御を行っているので、現在、彼女と宗像が立っている周辺だけが薄ぼんやりと光っているだけである。

「ですが」

淡島は言《い》い淀《よど》んだ。まだ今日、やると決めた仕事を仕上げてはいない。目を通さなくてはいけない資料が二点。作成しなければならない書類が一点。伏見、秋山、弁財が不在なため、ある程度以上、高度な判断を要する業務はかなりの割合で淡島に回ってきていた。宗像は軽く溜め息をついた。

「淡島君。私はよく言っていますよね。非常時でもない限り、勤務時間外に仕事をこなすのは不賛成だ、と。理由は覚えていますか？」

「――はい」

淡島はすぐに答えた。

「本当の緊急時にベストのパフォーマンスを発揮することができなくなるから、ですよね？」

「その通りです」

宗像は頷いた。

「休息し肉体を休めることも、余暇を楽しみ、精神に潤いを与えることも我々のような職種には必要なことなのです。機械でも許容限度以上の負荷が重なれば、故障の原因になります。ましてや我々は人間です。長期的なスパンで業務を考えた場合、適切な時間内で仕事を終えることは推奨、というよりむしろ必須な条件なのです。もっとも」

宗像は少し笑った。

「本当に緊急時には私はきっとあなたに無理をさせてしまう、とは思いますけどね」

「……はい」

淡島は考え込んでいた。それから、

「では、ご指示に従います。ですが、一つだけお願いがあります」

「なんでしょう？」

「私も休息を取りますが、ぜひ室長も」

意気込んでかねがね思っていたことを伝えようとする淡島。しかし、それを邪魔するようにタンマツが着信した。淡島は仕方なくタンマツを取り出し、表示を見て、

「……」

動きを止めた。

「おや？　どうかしましたか？」

宗像が声をかけてくる。

「構いませんよ。重要な案件かもしれません。私はここで待っていますので構わず電話に出てください」

淡島はそれでもまだ迷っていた。だが、宗像の許可も下りた以上、通話に応じないのも変だ

った。夜中の二時に電話をかけてくるのだ。確かに大事な用件なのかもしれない。淡島は慎重な態度で通話ボタンを押した。

相手は草薙《くさなぎ》出雲《いずも》。

赤のクラン、吠舞羅のナンバー2だった。

〝あー、もしもし世理ちゃん？　夜分、ほんますまんけど一つ頼みがあるんや〟

相変わらず一聴、軽薄にも聞こえるような関西弁のイントネーションで草薙が声をかけてきた。淡島は眉をひそめた。

声の聞こえ方がおかしい。それは草薙の問題、というよりなにか別のもっと技術的なことのような気がした。

「——あなたは今、どこにいるの？」

そう淡島が尋ねると草薙が陽気な感じで、

〝あ、やっぱり分かる？　今、ラスベガスや〟

「は？　らすべがす？」

頓狂な声を淡島が出し、宗像が怪訝そうにしている。淡島は声を抑えながら、

「なんでラスベガスにいるの？」

〝まあ、色々あってな。吠舞羅の連中も一緒におるで〟

「どういうこと？」

〝細かいことは帰国したら話すわ。それよりお願いやねんけど〟

その時、草薙の声の背後で、

〝IZUMO!〟

彼の名を呼ぶ声が聞こえた。

明らかに若い女性の声だった。

草薙が慌てた。

〝わ！　なんちゅう格好で——ちょっと待って、世理ちゃん〟

それから通話口を手で押さえたのか音が聞こえなくなり、しばらくして、

〝すまんすまん。ようやく収まったわ〟

「——色々とお取り込み中のようね。特に用件がないようだったら切るけど？」

淡島は冷たい声を出した。草薙は焦った声で、

〝ちゃうねん。そういうことと違って——まあ、ええわ。お願いいうのは〟

それは奇妙な依頼だった。ある人物の名前を出してそれがストレインか否かを調べてくれ、
というものだった。

淡島は迷った——。

が、現在、鎮目町《しずめちょう》にまつわる事件で草薙に一件、借りがある状態だった。それに草薙の要求はさして面倒なものではなかった。セプター4の所有しているデータベースで検索をかければ、少なくとも現在、公式に登録されているストレインかそうでないかはすぐに分かる。

淡島は宗像の視線を意識しつつ、

「分かったわ。少し考えさせて」

心の中ではもう協力する、と結論は出していたがあえてそう返事をした。

「可能なら情報はメールで送るから」

その言外のニュアンスは草薙にも伝わったのだろう。彼の口調が明るいものになった。

〝いやー、そうか。ほんま助かるわ、世理ちゃん。お土産期待しといてや〟

「いらないわ」

薄く笑って淡島が答えた。

「これで貸し借り無しというだけだから」

前に鎮目町に潜んでいたストレインの情報を貰った。今度は自分が草薙の照会に応える。それでお互いのやり取りは完結している。自分たちは馴れあう関係ではない。あくまで赤のクランのナンバー2であり、情報通のこの切れ者とコンタクトを取っておけばなにかと業務が円滑に進むという、ただそれだけ。

もっとも草薙はどこまで本気か分からないが、なにかと淡島に艶めいた言葉を投げかけてくる。

〝まあ、そうドライなこと言わんと。今、そっちは深夜やろ？　寝てた？　よかったらちょっと親睦をかねて大人同士、お喋りでもどうや？〟

淡島は草薙のこういった発言は全てスルーしている。

この男なりの一種の社交辞令なのだと思っている。

「言ったでしょ？　用件がないようだったら切るって。今、室長をお待たせしているの」

〝は？　室長？〟

間があって、

〝室長って……あの、〈青の王〉、宗像礼司？〟

「そうよ。それと我々の〈王〉です。呼び捨ては止めなさい」

〝――ふうん〟

草薙がなぜか面白そうに含み笑った。それから、

〝さよか。ほな、また今度な〟

意外にあっさりと引き下がり、向こうから通話を切った。淡島はその態度に小首を傾げながらもタンマツをしまった。

「淡島君」

ゆっくりと宗像が声をかけてきた。

「申し訳ない。聞くとはなしに聞いてしまいましたが通話の相手は――赤のクラン、吠舞羅の草薙出雲、だったのですか？」

「はい」

悪びれることなく淡島は答えた。

「以前、室長が推奨されていたので、私も室長のように外部に情報提供者を作ってみました。食えない部分もありますが、なかなか使える男です。あ、もちろん見返りで渡す情報に関しては私が充分、吟味しております。ギブアンドテイクの範囲を逸脱するようなことは決してありません」

「いえいえ、そこら辺はあなたの裁量でやって頂いて構いませんよ。実のところ赤のクランにパイプがあるのは非常に有用なのですが――そういえば彼と懇意になった経緯はまだ聞いていませんでしたね」

「は？　いえ、ほとんど偶然です。ちょっとしたトラブルが契機で話をすることになりました」

「かつて赤のクランとの小競り合いがあった時、あなたは彼と相対してましたよね？」

「はい。ですから、このような関係性になるとは全く予想しておりませんでした。ただ話をしてみれば直情的な赤のクランの中では頭も切れ、客観性もあるので、互いの利益を考え、あえて敵対的に構える必要もないだろう、と判断したのです」

「ふ、む」

なぜだろう？

宗像が先ほどの草薙と似たような感じの含み笑いを一つした。淡島は落ち着かない気持ちになった。二人ともタイプは全く違う。

実のところ草薙はもとより宗像だってそれほど長い年月、付き合いがあるわけではない。でも、二人がそれぞれ似たような笑い方で笑った場面を淡島は見たことがある気がした。

草薙は初めて出会った時、青のクランのナンバー2が女性でなおかつ自分と互角に渡り合う力を持っていることを知った時。

宗像はそれまでで一番、複雑なパズルを目の前にした時。

二人は確かこんな感じで笑った気がする。

（よく分からないが、今後は草薙出雲を情報提供者にしていることはあまり公にはしない方がよいのかもな）

淡島はなんとなくそう思っていた。

「とにかくそこら辺はあなたに一任しますよ。では、できるだけ早く休息を取ってください」

そう言って宗像は情報処理室から去っていった。

「——はい」

淡島は本当は言いたかった。あなたこそ休みを取ってください、と。淡島が知る限り、宗像は淡島以上に休んでいない。だが、その背中にはあまりに揺るぎない確固としたものがあって、淡島は最後までその言葉を口にすることができなかった。

淡島はそこに寂しいようなやるせなさを感じた。

その日の未明、布施大輝は釣り船に乗って移動していた。七十馬力、定員六名の小型船である。彼はセプター4に入る前のふらふらしていた時期に海釣りにはまって、二級小型船舶操縦士の免許を取ったことがあった。悪友たちとわいわい三日程度の合宿で取得した割に、海の上ではかなり自由度の高い便利な免許だ。

現在、操舵《そうだ》している船はむろん布施の個人所有などではなく、レンタルボート店で一日一万五千円払って借りたものである。

布施はこれが経費で落ちることを願っている。

セプター4で働き始めてからは忙しくてあまりこの免許を有効活用することはなかったが、久方ぶりにステアリングホイールを握って朱色に染まり始めた海面をボートで疾駆していると、涼しい潮風と微かに塩辛い海水の飛沫《しぶき》が全身に当たって気分がどんどんと良くなっていった。寝不足の頭がしゃっきりとしていく。

今度また改めて準備を整えて海釣りに出ようと思った。榎本や日高、五島辺りを誘ってみるのも面白いかもしれない。

日高、五島はともかくインドア派の榎本は船酔いや餌付《えさつ》けでぎゃあぎゃあ文句を言うかもしれないが、それもまた一興だろう。

ただし、その場合はこの辺の海域ではなく、東京湾近郊になると思う。さすがに布施が現在、船を操舵している東北の海は遠すぎた。

当然、布施はここへ単に釣りに来たのではない。

河野村の隠れ場所を突き止めるべく一人、奮闘した結果、気がつけばこんなところでボートを走らせているのだった。

彼の前方、視認できるぎりぎりの距離に一艘《そう》のボートが見えた。そのボートに布施がはるばる東京からずっと追いかけている人物が乗っていた。

近藤公平《こんどうこうへい》。

三年前まで河野村の私設秘書を務めていた人物であり、現在もかつての雇い主との接触を持っているのではないか、と疑われている人物である。

河野村はその超人じみた活力で様々な社会活動を行ってきた結果、膨大かつ広範囲な人脈を持っているが、この近藤こそもっとも私的な部分で河野村に貢献していた男だった。河野村の元にはハーバードのロースクールを首席で卒業したような俊英や数学と法学と歴史学の三つの分野で博士号を取った英才などがいたが、この近藤はそれらの優秀な人材とは全く異なり、実直な勤務態度と口が堅いことだけが取り柄の男だった。

だが、河野村はこの近藤に自分の家族の送り迎えやプライベートな冠婚葬祭の仕切り、はては生活費の管理などを一切、任せていた。

周囲の人間は不思議がっていたが、

〝外見からは分かりにくいけど、あの人にはどんな才能も肩書も及ばない誠実さという長所があるよ。私はあの人になら命を預けてもいい〟

河野村はそう言って笑っていた。

その近藤は現在、彼自身がこよなく愛する古い浮世絵や古民具などを展示する美術館の館長をやっている。美術館といっても近藤と学芸員がもう一人いるだけの小さな規模のもので、世俗の活動から一歩、退いた河野村が自らの腹心だった男にいわば退職金代わりに建ててやったものだった。近藤はその館長職を河野村に仕えていた時と同じように誠実に、篤実《とくじつ》に務めている。

それだけ河野村から絶大な信頼を受けていたのだ。

淡島はこの近藤が現在も河野村を支援している可能性を疑い、秋山に身辺を探らせていた。

そして秋山は自宅から美術館へ出勤中の近藤を尾行していて痴漢の冤罪事件に巻き込まれた。

布施は当然、秋山が罠にはめられた、と考えたし、秋山にこの調査を命令した淡島もそしてその報告を受けた宗像もまた同様な疑念を抱いたようだった。しかし、決定的な証拠はどこにもない。

そこで布施が自ら立候補する形で秋山の任務を引き継ぐことになった。宗像は特に布施を呼び出し、こう注意した。

〝河野村氏は驚くほど精緻《せいち》な頭脳を持っています。もし本当に近藤と連携を取っていたとしてもそのしっぽを摑むのは非常に困難でしょう。またなんらかの理由であなたが秋山君のように窮地に陥る可能性もあります。その際は私自らが出向きますので、とにかく淡島君との連絡だけはこまめに取り続けるように〟

布施はそれを肝に銘じて現在まで専任で近藤を尾行し続けた。仮に近藤が河野村と現在も通じていて、秋山と同じように自分をはめようとしてもそれで河野村との繫がりが実証できれば、一気に事態は解決へと向かう。

だが、その考えは実のところどんどんと揺らいでいった。

理由は簡単で、自分が追いかけている近藤がとてもそんな巧緻な罠に一役買えるような人物に見えなかったのだ。

まだ五十そこそこなのに見事に禿げ上がった頭。貧弱な身体つき。見るからに頼りなさそうなオドオドとした表情。布施は人間が必ずしもその魂や性格通りの外観をしているとは限らない、とよく承知していたが、それでもこと近藤に関してはその外見と内面がきわめて近似しているように見受けられた。

あまり冴えない容姿をしているが、内面の怪物めいた気力と知力が溢れるように感じ取れる河野村の容貌とは好対照だった。

先日、近藤は通勤中の電車で中学生の足を踏み、どやしつけられ、竦《すく》み上《あ》がっていた。

(あれが全部、演技だとしたらアカデミー賞を狙える役者になれるぜ。もしかしたら本当に河野村との繋がりはないのかもな)

活動範囲も家と美術館の往復に終始しているし、布施の尾行に気がついている気配も全くない。ここ数日の調査で布施はそんな結論を出しつつあった。

だが、昨日、初めて近藤に大きな動きがあった。布施が身構えたが、ふたを開けてみれば車で家族揃って帰省するだけだった。布施は淡島の許可を貰い、レンタカーで彼を追いかけた。道中も特に何事もなく、東北の某県にある実家に近藤一家は辿り着き、近藤は翌朝、近くの海岸に釣り道具一式を担いでやってきた。

布施は近藤の数少ない趣味が海釣りだということを承知していた。今朝も珍しく生き生きとした表情で顔なじみらしい漁師に釣り船を出して貰い、海上をいずこかへと向かっている。

この段階ではもはやほとんど疑念などなかったが、万が一、海上などで河野村と接触する可能性もある、と考えて布施はそんな彼を追いかけているのだった。ちなみに布施は近藤が地元に戻った時点で釣りに行く可能性を想定し、昨日の内にボートの予約は済ませていた。万事滞りなく監視活動は続いていたが、唯一の気がかりは僻地すぎて通信による淡島への連絡ができなくなっていることだった。

ただ近藤の生まれ故郷に辿り着いた時点では報告メールは送れているので、淡島が布施の所在地を掴みかねる、ということはないだろう。

結局、近藤を乗せた漁船は海の上を二十分ほど走り、小さな無人の島に辿り着いた。そして釣り竿やらクーラーボックスやらを抱えた近藤を降ろすとまた去っていった。布施は近藤に気づかれないよう島の反対側から上陸し、大きく海岸線を回り込んで岩場から見下ろす形で近藤を観察することにした。近藤がこの島によく来ているだろうことはすぐに察しがついた。彼は手慣れた感じで昼頃まで釣りを続けていた。

案の定、たまに釣果《ちょうか》が上がる以外は全く変化がなく、布施は退屈を紛らわすのに苦労することになった。

釣りをしているならともかく釣り人をじっと見続けるのは苦痛以外の何物でもない。先ほどの漁船が近藤を迎えに来た時には随分とほっとしたものだ。近藤はその船に五匹ほどの獲物と共に乗り込み、帰っていった。この時点で布施は断定していた。

近藤の動きに怪しいところは全くない。恐らく釣れた魚は夕餉《ゆうげ》の団欒に供されるのだろう。布施もまた自らの船に乗って陸に帰るべく元来たルートを通ってボートを係留した場所に戻り、気がついた。

ボートは影も形もなくなっていた。

その二日ほど後のことである。宗像の室長室では淡島が深刻な顔をして立っていた。彼女としては気の重い報告をしなければならない状態だった。秋山の後任についていた布施からの連絡が途絶えたのだ。

なんらかのトラブルが起こった、とみてまず間違いないだろう。布施は恐らく河野村の術中にはまった。

そして現時点で淡島はその直接の術策を見抜けていない。つまりただ〝布施との連絡が取れなくなりました〟とだけしか宗像に伝えることができないのだ。宗像はきっと〝ほう〟と面白そうに頷くだけで淡島のことを責めたりはしないだろう。

だが、そのことが逆に淡島を憂鬱にさせていた。

(なんだか最近、本当に色々なことが上手くいっていないな。これが全て河野村の計算なら恐ろしいことだ)

彼女が、

「室長。重要なご報告が」

覚悟を決めてそう口を開きかけたその時である。

「大変です！　室長！」

「いや、俺の方がもっと大変です！」

そんなことを口々に喚きながら道明寺と榎本が室長室に飛び込んできた。道明寺は片手にタブレットを持っていて、榎本はなぜか頬が煤《すす》みたいなので薄汚れていた。淡島はまなじりをつり上げる。

「室長の執務室です！　きちんとノックをしなさい、無礼者！」

だが、二人とも淡島の叱咤《しった》もろくに聞いていないようで、室長室の前で押し合いへし合いして少しでも自分が前に出ようとする。聞けば二人とも宗像に重大な報告があってやって来たところ、室長室の前で鉢合わせしたらしい。

「室長、まず俺の報告を！」

「いや、道明寺さん！　お願いします！　僕の方が絶対緊急なんです！」

道明寺はともかく榎本がそこまで切迫しているのは珍しかった。さらに言えば、彼にとって上役に当たる道明寺に対してより積極的に前に出ようとするのはよほどの理由があるように見えた宗像は、どちらかというと感心したように、

「今日はまた随分と報告が渋滞してますねえ」

組んだ手に顎を乗せた。それから、

「まず最初に尋ねます。あなた方三人の報告には一分一秒を争う人の生死もしくはそれに準じる身体的被害が関係していますか？」

その問いに道明寺は即座に、淡島と榎本は迷いつつ首を横に振る。

「そうですか」

宗像は納得したようだ。

「では」

そう前置きをし、

「ここは階級的にも順番的にも淡島君が優先です。道明寺君、榎本君、両名ともに控えるように」

そう裁可を下した。

「は！」

「はい！」

そこら辺はどれだけ緩いように見えてもセプター4は準警察的な機構である。道明寺も榎本も即座に腰の後ろに手を回し、気をつけの姿勢を取った。淡島も状況をわきまえている。二人の様子に緊急性を認めて、とりあえず手短に自らの報告を済ませた。すると、

「なんだ」

「……そんなことか」

道明寺と榎本が同時にそう呟いた。思わず口にしてしまった、という感じだった。淡島がじろっと睨むと、

「あ、いや、違うんです。副長、違います！」

「すいません。布施のことは心配ですけどそういうことじゃなくって僕の案件はもっと可及的速やかに処理しなければならないことで」

長々と榎本が釈明しようとすると今度は道明寺が、

「だから、こっちが先だって、榎本！」

「室長！」

今度は榎本がすがるような目で宗像の判定を求めた。宗像はさながら相撲の行司のように、

「道明寺君から先ー」

道明寺側の方の手を上げた。

いえーい、と道明寺が小さくガッツポーズを取った。

「なんでですか、室長！」

榎本の声にはもはや悲鳴が入り交じっていた。宗像は真面目な調子で、

「道明寺君の方が半歩先に室内に入ったからです。君の様子からしてかなり緊急な報告だとはよく理解できていますが、発言のルールは守りましょう。それが組織というものです。その代わり道明寺君。君が考えられる最速で報告を」

「はい！　俺のは簡単です。これです！」

そう言って道明寺は抱えていたタブレットを宗像に見せた。

「うーむ」

珍しく宗像が唸《うな》る。

「これは、驚きました」

その様子に、

「失礼します」

淡島とついで榎本が覗き込み、共に絶句した。道明寺は自分が持ってきた情報で他の三人が衝撃を受けていることに軽く満足感を覚えながら、

「実は今、この件であっちこっちの報道機関から問い合わせのメールや電話がじゃんじゃん来てるんです。ね？　大変ですよね？」

道明寺が〝この件〟と言ったのはタブレットに映し出されたある週刊誌の記事のことだった。そこにはでかでかとこう書かれていた。

『迷惑千万なやらかし公務員たち』

そういうタイトルでまずやり玉に挙げられていたのがこの間の道明寺がしでかしたアパート全損事件だった。

『〝青服〟という現代のアンタッチャブル。無審議の予算。豪華すぎる設備』

簡単に言えばセプター4がその組織の不透明性や過激な捜査活動、超法規的な組織運営によって糾弾されているのだった。

「ついでに、ですね。俺たち何件かの案件で訴えられているみたいです」

その言葉にタブレットに目を落としていた宗像、淡島、榎本の三人が〝なんだと？〟というような表情で一斉に顔を上げた。

道明寺はその剣呑《けんのん》な気配に気がつかず、

「総務部に現在進行形で内容証明郵便が次々と届いているみたいでその確認作業を慌ててしているっていうのを小耳に挟みました。大体は捜査中の破損行為とか、住居侵入とかの件みたいです。もうじき室長のところにも総務の報告が来ると思いますよ」

「室長」

淡島が鋭い口調で宗像に声をかけた。宗像は重々しく頷く。

「そうですね。どちらも間違いなく裏に河野村氏の策動があると考えていいでしょう」

「やっぱりそうか！」

道明寺の声はどこか嬉しそうだった。

「で、室長、どうします？」

道明寺はキラキラとした眼差しで宗像を見つめた。そこには絶対の信頼というか、開けっぴろげの無邪気さがあった。

はっきり言えば週刊誌にすっぱ抜かれたのも訴訟を起こされているのも大半は道明寺が関わっていることなのだが、そこら辺がこの天然男からはすこんと抜け落ちている。宗像がなにか華麗な手を打つはずだ、と親鳥を待つ雛《ひな》の如く無心に信じ込んでいた。

「――」

宗像はしばし考え込んでいた。それからゆっくりと顔を上げる。

「……道明寺君。ちょっとお話が」

にっこり。

その微笑みに道明寺が今まで全く見せたことのない反応を見せた。まるで日本刀でも突きつけられたかのように大きく仰《の》け反《ぞ》って逃げようとしたのだ。彼には剣客としての超一流の危機回避能力があった。その直感が告げていた。

(この笑い方、なんかやばい！)

しかし、宗像が道明寺にある命令を下す前に、

「あの、すいません！　室長」

榎本が我に返って声を上げた。宗像も思い出したように、

「そうだ。あなたの用件も急ぎでしたね。よいでしょう。とりあえず報告を」

「はい。少し前にこのセプター4のシステムにサイバー攻撃がありました。それはなんとか撃退したんですが、実はこの施設一帯の電気設備に異常が発見されて」

「なに？」

「なんと」

淡島と宗像が真剣な表情になる。

「はい。僕がとりあえず床下に潜って見てみたのですが、やっぱり専門外なので専門の技術者

を派遣して貰いたくて。もしかしたらこのままだと電気系統自体が」

その瞬間である。

ぱっと室長室の全ての明かりが消えた。

「――ダウンする可能性がある、と言いたかったのですが手遅れだったみたいですね」

榎本の声が哀しそうに響いた。道明寺と淡島がもう既に動き出している。

「道明寺！　非常灯の用意を！」

「はい！」

ドタバタと走り回る音。その暗闇の中で、

「やれやれ」

誰にも聞こえないくらいの呟きを宗像がしていた。

「本当に手加減なく色々とやってくれますね、河野村さん」


その日、日高は疲れた身体を引きずるようにセプター４の寮に戻ってきた。先日起こった電気設備自体への攻撃により、未だセプター４内では一切の電気が使えなくなっていた。当然、こうして夜になっても建物全体が真っ暗なままである。

セプター４は緊急事態に備え、通常あるような電力会社からの配電に加えて地下のガスタービンと屋上に敷設された太陽光パネルで自家発電を行っていた。そしてその電力自体をコンピューターで管理していたのだが、そのシステムがなんらかの原因で全てダウンしてしまったのだ。

今、榎本が対策班のリーダーになって外部から派遣された技術者たちと共に全力で復旧作業に当たっている。しかし、未だにその原因さえ摑めていないという異常事態だった。そのためセプター4の隊員たちは日が暮れるとまるで幽鬼さながらに懐中電灯やら燭《しょく》台《だい》を持って屯所内をうろうろする始末だった。

日高も入り口に用意されていたランプを手に持ち、真っ暗な廊下を光のわっかと共にのろのろと進んでいく。窓の外はしとしとと小雨が降っており、ホームに戻ってきた、というより、まるで廃墟《はいきょ》の中でも探検しているような気分になってくる。

さらに食堂は事実上、閉鎖状態になっているため、深夜になると食事も各自で用意しなければならなかった。

「はあ、お腹すいたなあ」

朝から屯所の外を飛び回っていたのでほとんど食べ物を口にしていなかった。その時。

「カップラーメンでよければあるよお」

地の底から響いてくるような声が正面から聞こえてきてぼわっと光が浮かび上がる。

「うわ！」

思わず日高が声を上げた。そこには燭台を持った五島がぬうっと廊下に突っ立っていた。

「おかえり、日高」

そう声をかけてくる五島に対して、

「――た、ただいま、ゴッティ」

そう返事を返すのに少しの間、動悸《どうき》が収まるのをまたなければならなかった。正直なところかなり驚いた。


「……どう？　おいしい？」

一心不乱に麵を啜る日高を片肘をついた五島がじっと見つめている。コンビニで売っている市販品に五島が持っているアルコールランプで沸かしたお湯を注いだだけのなんの変哲もないカップラーメンだが、

「うん」

実際、ちょっと自分でも引くほど美味く感じられた。

「なんか泣きそう」

「うんうん」

五島が満足そうに頷いた。

「お茶もあるよ、日高」

「ありがとう」

ふー、とスープの最後の一滴まで飲み干してから息をついた。

「あー、生き返った」

五島が手渡してくれたペットボトルのお茶を飲むとさっきまでの暗澹《あんたん》とした気持ちが一気に満ち足りた幸せなものへと変わった。

自分はかなり単純だな、と思う。

あるいは人間自体がさほど複雑な構造になっていないのか。最近は夜もあまり寝られていないので満腹になるとたんに眠気が襲ってきた。

「しかし、大変だったね。朝からでしょ?」

そんな日高を見守りながら五島が尋ねてきた。

「うん。道明寺さんの分も警察署回りしなきゃならなくて……あの人、今、どうなっている?」

日高が欠伸をかみ殺しながら尋ねると、

「見たこともない青い顔して必死で働いている」

五島がそう答えた。

現在、道明寺は『広報官』という新たに与えられた役職に就き、メディア対策と訴訟関連の対応を一手に引き受けていた。

誰もが唖然《あぜん》とした人事だった。

天然かつ雑な性格の道明寺にはおよそ不向きな役柄と言ってよかった。メディア対策には細心の配慮が必要だし、裁判においては専門知識と注意深さが必須だ。なにしろ彼は報告書ですらまともに書けないのだ。

ほとんどの人間がこの采配に対して首を傾げたし、中には宗像がやけくそになっているのではないか、と心配する向きもいた。

「これは室長から道明寺さんへのなんかの罰って意味合いがあるのかな？」

日高がずっと気になっていることを口にすると、

「さあねえ。室長の考えていることは俺には分からないよ、日高。でも、なんか理由があるんじゃないかな？」

「そうだね。室長が単に意地悪でそんなことをするとも思えないからな」

その可能性もゼロじゃない、と思えてしまうが、日高は日高なりにしっかりと宗像を信頼していた。

「それで道明寺さんはよいとして加茂さんは？　あの人は今どうなっているのかな？」

このようにセプター4が組織として乱れに乱れている中、頼れる人材であるはずの加茂の姿はしばらく前から屯所内に見受けられなくなっていた。

能力値も高く、責任感もある男だ。いてくれたらどれほど心強いか分からないのだが——。

「なんかねえ、淡島副長が言うにはどうしても外せないよんどころない事情があるということらしいんだけど」

「ふーん」

もう一度、ペットボトルで水分を補給してから日高が首を傾げた。

「なんなんだろう？　いったい」

異色の経歴を持つ人だから色々あるんだろうな、と考え、ベッドに移動してごろりと横たわる。今にも寝てしまいそうだった。

その様子を見てから、

「じゃ、俺、そろそろ行くから」

五島がすっと立ち上がった。日高はどきりとした。急に眠気が覚めた気がした。

「え？　行くって……どこへ？」

「あれ？　言わなかった。俺、通常業務以外にも河野村の行方を探る任務を副長から受けてるの」

非常態勢の中、淡島、五島、日高の三人だけがセプター4隊員としてほとんど唯一、まともに機能している一群と言えた。

「そ、それは聞いていたけど」

日高は当然、承知している。五島は淡々と、

「昼間は普通の仕事があるからね。こうして夜にならないと」

「お、おう。お疲れ様」

とても言えなかった。五島とて睡眠時間を削って働いているのだ。〃お願いだから俺が寝るまで部屋にいて欲しい〃など。

とてもまともな顔で頼めるものではなかった。

「じゃあ、行くね。日高――そうそう」

ぴたっと出入り口のところで止まって真顔で、

「日高、疲れているみたいだからさ、その像、あまり正面から見ない方がよいかも」

そう言って部屋から出ていった。後に残された日高はその意味不明な言葉に顔を引きつらせている。

改めてこの部屋を見回すと本当に訳の分からないモノが沢山あった。トリの嘴《くちばし》のように中央がとがった仮面。変な本や図鑑。博物館でないと見られないような民族楽器。オルゴールや古

いカメラ。水タバコを吸うための器具に、曰くありげな水墨画。全部、五島が趣味で置いているものだ。それらがゆらゆらとろうそくの淡い光に照らされ、濃い陰影と共に部屋の中で浮かび上がっている。

五島が言っていたのはその中央にでんと置かれている巨大な木彫りの像のことだ。確かパプアニューギニアだか、ニューカレドニアのご神体だと五島は言っていた。

腕を組み、舌を思いっきり垂らしている。日高がとりわけ不気味に思っていたものだ。じっと見ていると、

「ひ！」

なんだかその神像が視線を合わせてきた気がして思わず悲鳴を上げた。頭から毛布を被り、全てを忘れて寝ようとする。

日高が最近、睡眠不足なのはこれが原因だった。

夜中、怖くてよく眠れないのだ。

くすくす。くすくす。

なんだか子供の笑い声が聞こえてきた気がして日高は耳元を手で覆った。自分が忙しさから消耗しすぎて幻聴を聞いているのだ、と思っていたし、そう思っていたかった。この部屋だけじゃない。この前は食堂で鬼火が漂うのを見た（気がするし）、そのまた前は誰もいないはず

のトイレからずっと水音が聞こえ続けた。

日高にはまるでセプター4全てが呪われた場所になってしまったかのように感じられた。

(ゴッティ、早く帰ってきて!)

それだけが今の日高の唯一の願いだった。


その頃、淡島は割れた窓から月明かりが差し込む廃墟の中で油断なく立っていた。これが罠だということは自覚していた。

だが、それでも彼女は気持ちを高ぶらせていた。

もちろん細心の注意は怠らない。

淡島世理がセプター4内において軍人上がりの秋山や道場育ちの道明寺アンディたちよりも高い地位にいるのは、単にクランズマンとしての力が強いからだけではない。剣術と体術においても彼らが一目も二目も置くほどの高い技量を誇っているからだ。

きっかけは省庁廻《まわ》りを終えた後、タクシーで寮に帰っている時だった。繁華街を通っている最中、見覚えのある後ろ姿を見かけた。淡島は思わず目を見開き、窓ガラスに顔を押しつけた後、運転手に向かって叫んでいた。

「すいません!　止めてください!」

たった一度、相対しただけだが忘れようもない。墨色の僧衣に禿げ頭、というこの上なく目立つ出で立ちの、異形の大男。

河野村善一の協力者、中村強奥だった。

彼は悠々と夜の街を闊歩《かっぽ》すると路地裏に姿を消した。淡島は、

「お釣りはいりません」

驚いている運転手にお札を押しつけ、ドアが開くと同時に車から飛び出した。もどかしい思いで駆け続け、強奥の後を追う。

彼が入っていった路地裏に飛び込む。

いない。

周囲を見回す。

見失ったか、と臍《ほぞ》を噛《か》んだら、ふわっと浮かび上がるようにして少し先のT字路に強奥の巨体が現れ、角を曲がっていくのが見える。淡島は再びダッシュをかける。しかし、息を切らし、そこまで走り寄るとまた強奥はいなくなっている。

首を巡らすと今度はビルとビルの間に入っていくところだった。

淡島はまた彼を追いかけた。

その後、中村強奥は淡島の視界をちらり、ちらりとよぎり続ける。

ネオンサインの下。飲み屋の赤提灯《あかちょうちん》の横。千鳥足の酔漢たちの間を縫うように、強奥はゆったりと、悠々と歩いてまるで蜃気楼《しんきろう》のように現れたり、消えたりを繰り返す。その頃には淡島も理解している。〝どこかに誘い出すつもりだな、私を〟

その推察はやがて段々と辺りに人気がなくなっていく頃合いで確信に変わった。そして強奥が廃ビルの中に姿を消した時点で、淡島は覚悟を決めた。〝私を罠にかけるつもりだろうが、逆にこれはチャンスだ〟

全ての設備が撤去されてがらんとした一階の広間。静かにサーベルを引き抜いた。相手の気配は既に捉えている。

案の定、暗がりの奥からぬうっと禿げ頭の大男が現れる。彼は面白そうな笑いを口元に浮かべていた。

「大した度胸だな、おぬしは。女にしておくのは実に惜しい」

やはり中村強奥だった。淡島は舌鋒《ぜっぽう》鋭く言葉を返した。

「あなたは逆にそんな性差に囚われている時点で人間として大したことないわね。勇気に男も女も関係ない。そんなことも分からないのかしら？」

強奥は顎を撫でながらにやついて、

「褒めておるんだがな、わしは。これでも」

「見当違いな評価で褒められても別に嬉しくないわね」

淡島は単にやり返しているだけではない。慎重に辺りの気配を探って他に伏兵がいないか確かめているのだ。

一人、別の人物がまだ現れていない。

それを感知したところで、

「――ところでこれはなに？」

すうっとサーベルを構える。

「いつぞやの再戦の申し込み？」

淡島独特の野球選手が半身でバットを振り上げるようなサーベルの動きだ。はっきりと中村強奥に対して向かい合ったのは、もう一人潜んでいる人物が、殺気もなければ隠れ潜んで気配を殺す技量もないごくごく普通の一般人だと感じ取ったからだ。

そのことを踏まえて淡島は中村強奥が一対一での戦いを挑んできた、と解釈した。別に旧知の間柄、というわけでは全くないが、この破戒僧のような男がいかにも好みそうな様式美に思えた。

いわゆるタイマン、というやつだ。

「だったら、受けましょう」

そして淡島は一対一ならこの男に負ける気は毛頭なかった。

「いい加減、あなたたちに搦《から》め手《て》でねちねちやられるのはうんざりしていたの。まずあなたを捕まえて河野村善一の居所を吐かせましょう」

するると、

「いやあ、それがすまんな」

ふいに中村強奥が言った。頭をぼりぼり掻きながら、

「わしとしてもそうしたいのは山々なのだが、ちと諸事情あってな。わしはおぬしと戦うことができんのだ」

淡島は眉根を寄せた。

「——どういうことかしら？　いったい」

「おぬしの相手をするのはわしではないからだ。そして同時に善一の居所をわしが白状することもできない」

その時、柱の陰から月明かりの下に出てきた人物がいた。

「こんにちは、いや、こんばんはかな？　淡島世理さん。〈青の王〉、宗像礼司の右腕。お会いしたかったよ」

「なにしろ当人がもうここにおるからな」

にやっと強奥がそう嘯《うそぶ》く。さすがの淡島も絶句していた。思わずサーベルの切っ先が下がってしまう。

そこに立っていたのは今まで映像でしか見たことのなかった紛《まぎ》れもない河野村善一、その人だった。宗像でさえ彼とは直接、出会ってはいない。

淡島は今、セプター4の中で初めてこの一連の事件の黒幕とたった一人で向かい合っていた。こんなところでまさか当人が現れるとは思ってすらいなかった。

河野村はぱたぱたと短い手を動かした。

「いやあ、嬉しいな。想像していた通り美人だ。凛としている。知性が感じ取れるよ。信念と意思。素晴らしいなあ」

捲《まく》し立《た》てるように甲高い早口でそう言う。見れば見るほど異形な男だった。隣に立っている強奥が巨漢だから特にそう感じるのだろうが、びっくりするくらい小柄だった。そしてでっぷりと肥えた腹。薄くなった頭髪。不格好なペンギンを擬人化したらきっとこんな男になるだろう。

どこをどう見ても冴えない要素の塊だが、ただ一点。その目だけは異様な生気を帯びて黒光りしていた。

淡島は成人で。否。赤子以外でこんなに澄んだ目をしている人物に初めて出会った。うっかりするとそのまま魅了されそうなほど不思議な目力を持っている。

その時、ずっとべらべらと淡島を褒めちぎっていた河野村が言った。

「だから、淡島さん。もし僕が〈青の王〉になったらそのまま副官になってくれないだろうか？」

ぴくっと淡島の肩が動いた。ようやく我に返った。この男は宗像礼司の敵。セプター4の瓦解を狙い、〈王〉を簒奪しようとする狂った妄想の持ち主なのだ。

悪意がなければそれでよい、というものではない。

「一つだけ聞かせてください」

相手の経歴や格式を尊んで淡島は敬語で尋ねた。

「あなたは本気で言っているのですか？　その、〈青の王〉に成り代わろうというのは」

「うん」

河野村は悪びれることなく答えた。

「もちろん本気だよ！」

「だから、たちが悪いのだがな」

隣にいた強奥が苦笑した。

「この男は常に本気なのだ。常人の千倍くらいな」

淡島にもなんとなく理解できてきた。誰よりも純真。限りなく無垢。そんな河野村だからこそ沢山の人間が彼に心酔し、協力し、今まで巨万の富を蓄財したのだし、世界的な名声を得てきた。さらには傑出した慈善事業家にもなれたのだろう。

だが。

淡島世理の〈王〉は宗像礼司ただ一人である。

「その言葉、勧誘ではなく、侮辱《ぶじょく》として受け止めさせて頂きます。そこにいる中村強奥を叩きのめした後、あなたも捕縛させて頂きますのであしからず」

すっとサーベルの先端をまた突き上げる。淡島の目に光が点《とも》った。

「うん」

にこっと河野村が笑った。

「さすが淡島さんだ」

その言い方に苛立ちを覚える。

「怒らないでよ」

まるで淡島の心理を読んでいるかのように河野村が言う。

「ほら、僕がアプローチしてきて少しほっとしたでしょう？」

「――」

抑えようとしていたが、ほんのわずかに表情に出てしまった。

「そうじゃない？　だって、僕らの術策で秋山さんとか弁財さんを始めとするセプター４の隊員たちがどんどんといなくなっていく中、自分はほっとかれているんだもん。もしかして自分は宗像礼司にとって必要な人間と周りから見なされていないんじゃないかって疑心暗鬼になったんじゃない？」

淡島は、

〝やめろ！〟

そう叫ぼうとしてぐっとこらえた。

確かに河野村が言ったことは一面の真実を突いている。だが、相手の挑発に簡単に乗るほど彼女は短絡的ではなかった。

「違いますね」

淡島は優美に笑った。

そう言って首を横に振る。

「ん？」

河野村が小首を傾げた。淡島は言葉を重ねた。

「ただ失望せずに済んだだけですよ」

河野村は静かに、

「どういうこと？」

「室長を追い詰めようとするに当たって私の存在を看過する程度ならあなたは事を構えるのにすら値しない、ということです。私は自分の力を過信もしていませんが、過小評価もしていません。もし、私が捨て置かれるならあなたは手痛い代償と共にそれを学ばれただけでしょう」

「ほう」

「曲がりなりにも室長に挑もうとしているのです。その程度の才覚は見せて当然だと思いますよ」

「面白いことを言うね」

河野村は本当に嬉しそうだった。

「でも、どうして君はそんなに自分の価値を確信できるの？　結局、君はほとんど最後までほっとかれたんだよ？　僕がさっき君を勧誘したのだってあくまで社交辞令かもしれないって思わない？」

「そんなことはありません。だって」

淡島は微笑む。

「あなた自らこうしてここに足を運ばれているじゃないですか。それはすなわちあなたが私をある程度、重要視しているのに他ならないからではありませんか？」

河野村の目に歓喜が宿った。

「素晴らしい！」

彼は言った。

「さすが〈王〉の右腕。僕に舌戦を挑んでくるとはね。分かったよ。こういうのはどうだい？これから僕と君が一対一で戦う」

「え？」

驚いている淡島を尻目に河野村は嬉々として、

「そして君が勝ったら僕は大人しく縛《ばく》につく。むろん宗像さんにも土下座で謝るよ。身の程知らずでした、とね。だけど、僕が勝ったらそんな素晴らしい君を僕らの本拠地に連れ帰らせて貰う。それでどうかな？」

「は？」

思わず淡島は問い返していた。

「いったいいち、ですか？」

「うん。そう！」

河野村が子供のように無邪気に諸手《もろて》を挙げる。淡島は困惑を抱えたまま、思わず中村強奥を見つめてしまった。

強奥が再び苦く笑った。

「本気だよ、善一は。善一は本気であなたと一対一で戦うつもりだ。もちろん私は一切、介入しない。御仏《みほとけ》の名にかけてな」

まだ訝《いぶか》しげな淡島に、

「むろん善一が負けたら私も並んで詫びを入れよう。これも御仏の名にかけて約束する」

「――侮られてるのでしょうか？　私は」

淡島は率直に尋ねた。

河野村は見たところ、戦いどころかまともに身体を動かしたことさえなさそうだ。そして彼はクランズマンでもなければ、ストレインでも、ましてや〈王〉でもない。標準以下の身体能力で、なんの特殊能力もない初老の男がセプター4のナンバー2に挑むのは無謀を通り越してもはや滑稽に近かった。

その雰囲気を察したのだろうか。

河野村が慌てたように言い添えた。

「あ、むろん、色々な武器やトラップは随時、使わせて貰うよ？　だけど、それは別にハンデでよいでしょう？」

淡島は少し考えた。

「むろんです。ただ」

それでも彼我の戦力差は大きかった。淡島が宗像のクランズマンになって得た力はそれだけ強大なものだった。それは実感として分かる。だが、淡島はすぐに気を引き締めなおした。相手は天下の傑物、河野村善一だ。

むしろこれくらいの戦力差は必須なのかもしれなかった。

淡島は用心深く尋ねた。

「その条件、呑みました。それでいつから始めますか?」

「たった今から」

にこっと河野村が笑った瞬間、淡島は地面を蹴っていた。神速の動きで河野村との距離を詰める。

サーベルを大きく振り上げた。

いったんお互いの了承が得られた以上、手加減するつもりは毛頭なかった。

たとえそれで河野村が大けがをしようと河野村も強奥も笑って認めてくれる、という不思議な確信があった。

河野村はだが、それは読んでいたようだ。

お世辞にも慣れた手つきとは言えなかったが、懐から手榴弾《しゅりゅうだん》のようなものを取り出すと思いっきり床に叩きつけた。

「く！」

閃光と煙が同時に迸《ほとばし》る。淡島は充分、警戒はしていたが、それでも多少は怯んでしまった。二の腕を顔の前にかざし、用心する。やがて煙が晴れ、視界が元に戻ると一階から二階へと上がる螺旋《らせん》階段を河野村がドタバタと駆け上がる姿が見て取れた。ちらっと中村強奥の方に目をやると、

「――」

彼は大きく肩をすくめていた。それは自分はこの件に関しては一切、関わりあいを持たない、という意思表示に見て取れた。

淡島は微かに笑った。

「物好きだこと」

そして河野村を捕縛すべく再び加速した。

その後は不思議なことが起こり続けた。淡島が河野村を追いかけ、追い詰める度にするりするりと河野村が淡島の手から逃れたのだ。

二階の廊下では突然、横合いから花火が打ち出されて来て怯んでいる間に河野村はよたよた

と逃げ延びた。

どん詰まりの小部屋に追い込んだ、と思ったらその部屋の天井が一部分、崩れ落ちてきて淡島の視界を遮った。

一時などはほとんど河野村の襟首を捉えかけたが、それでもふいに足下が崩れてきて結局、彼を取り逃がしてしまった。

どう見てもろくに走ることもできない運動不足の男が、セプター4の誰もが畏れ、一目置く副長の追撃を次々とかわしているのだ。

淡島は徐々に理解してきた。

ついで恐ろしくなってくる。

河野村は淡島の全ての動きを読んでいるのだ。そうでなければこの異常な事態が説明つかなかった。それこそその速力の限界から歩幅まで。あるいはその思考から心拍数まで見切った上で河野村は走り回っているのかもしれなかった。

慄然《りつぜん》とした。

ならば。

この建物自体、対淡島のために建て替えられたのかもしれない。罠という罠が全てただ淡島のためだけに照準を合わせて、存在している。

なかった。

（そこまで、やるのか⁉）

淡島は内心で叫んでいた。

ぜえぜえ、と息を荒らげながら走る小太りの男を前に淡島は気持ちが暗くなるのを感じた。

そんな体力を使い果たしたような河野村に対して自分がどこまでいっても追いつける気がしなかった。

だが、その無力感に呑まれてこのまま膝を屈したら五島、日高ですらもはやセプター4の戦力としては機能しなくなるだろう。

そうしたら宗像礼司が丸裸となる。

そんなわけにはいかない。己を奮い立たせる。

鉄骨がむき出しになった階段を駆け上がり、床の一部が抜け落ちた廊下を飛び越え、サーベルを持ったまま疾駆する。

自分が誰にも知られずにここに誘い出されたことも、こうして翻弄されていることも全てがあの男の読み通りなのかもしれない。

それはもはや人の所業を逸脱している。

やはり河野村善一は〝魔神〟なのかもしれない。

しかし、それでも淡島は己の持っている体力と反射神経と知恵と戦術眼で罠を回避し続け、相手の本丸へと肉薄していった。

淡島は河野村の動きと罠の位置に一定のリズムがあることを突き止めたのだ。それもまた河野村が仕掛けたトラップなのかもしれない。

だが、間違いなく彼を追い詰めている。それだけは確実だった。

淡島はその一点に賭けた。

そして、とある部屋でとうとう相手の背後を取ることに成功した。サーベルを大きく振りかぶり、一息で一気に距離を詰める。

「これで！」

そう叫び、その男の首筋に一撃をたたき込もうとする。するとその男が悠然と振り返った。

淡島は驚愕のあまり目を見開いた。

「まさか！」

悲鳴に近い声。

「なぜ、あ、あなたがこ、こ、ここに⁉」

あまりにも意外な相手。

淡島の思考がどうしても停止した。

当然、サーベルを振り下ろす手を全力で制止する。その瞬間、相手が歪んだ笑みを浮かべた。

それに併せて床が崩落を起こす。

落とし穴だ。

しまった、と思った時には遅い。淡島は一階下に落下した。それと同時に四方の壁からしゅーという音と共にガスが噴出された。

そのガスが顔の辺りを覆っていくにつれ、淡島はゆっくりと気を失っていく。最後に、

「これで一通り完了かな。もう〈青の王〉はひとりぼっちだ」

そんな声が聞こえたような気がした。

「淡島さん」

優しい言葉。

「約束通り君を連れていくよ」

淡島は歯がみをしながら心に刻みつけた。

絶対に反撃してやる、と。


淡島すら消息を絶った。秋山は勾留され、弁財は日本中を飛び回っていて、加茂はよんどころない事情で不在。道明寺は慣れぬメディア対策に追われ、布施は行方不明。五島は通常業務の他に河野村を専任で追いかけ、日高は昼間の仕事に加えて夜中の怪奇現象に悩まされ、ほと

んど眠れていない。

その中でもっとも切実かつ必死と言えるのは榎本竜哉であった。彼は崩壊しつつあるセプター4のインフラをたった一人で立て直そうとしていた。

「なんでだよ？　なんでこうなるんだよ？」

パソコンを猛烈なタッチでいじりながら必死でシステムのエラーを探す。しかし、その努力は未だに報われていない。

見れば見るほど穴は広がり、奈落に落ち込んでいくような感覚にとらわれていた。

頬はやつれ、髪はぼさぼさ。

彼の机には栄養ドリンクとコンビニ弁当が山のように積まれている。もはやトイレに行く時間さえ惜しんで食らいついている。

そしてたった一つ願うことは、

「あーあ、あの人がいてくれたらなあ」

ぶっきらぼうで。

個人行動が多く。

協調性に欠け。

得体の知れない怖さを持つ。

だが、誰よりも仕事のできる男。

榎本は今、心からその青年の帰還を祈っていた。彼の祈りが叶《かな》えられるまでそう長い時間はかからないことをまだ知ることもなく。

エピローグ　帰還者

『この度は当機の機械的トラブルにより二時間ほど到着が遅延いたしましたことを深くお詫び申し上げます。皆様におかれましては健やかな旅の続きを、また安全な帰宅を心よりお祈り申し上げます』

そんなアナウンスが流れる中、不機嫌の極致みたいな顔で飛行機と飛行場を繋ぐボーディングブリッジを歩いている青年がいた。

シンプルなデザインの旅行鞄を肩に担ぎ、大股に歩いている。彼にとっては本当に散々なアメリカの旅となっていた。現地ではバカみたいに明るいノリにいたく消耗し、帰り際にはかつての〝顔見知り〟たちと偶然、出会い、時間がない中、いらないトラブルに巻き込まれた。その結果として腕に傷を負ったし、代償として食べたくもないアメリカの菓子を無理矢理、土産として持たされた。

さらに言えば帰りの飛行機では汗っかきの肥満漢が隣の席で、足もろくに伸ばせない上に臭いと鼾《いびき》に悩まされ、一睡もできなかった。

今はガラス窓から差し込んでくる陽光がまぶしくて仕方ない。

(呪われているのか、俺は)

片方の頬を力なくあげて自嘲する。

結局、予定していた研修はほとんど終えることができなかった。本当はもっと長い間、滞在してFBIから組織的捜査のノウハウを吸収してくるはずだったのだ。セプター4は設立年数の浅さ故に、広域捜査の技術的な蓄積がなく、いずれそういったことが問題となるであろうことは宗像や淡島、伏見などの幹部は早くから予見していた。そしてその対策として伏見がアメリカに派遣されていたのである。

(これがもっと早ければな)

河野村にもここまでいいようにはされていなかっただろう。伏見は日高から常に報告を受け取っていたのでこれまでの経緯をほぼ完璧に把握していた。

彼はもうとっくに看破《かんぱ》している。

河野村はセプター4の構造的問題を実に上手く突いてきていた。

(けど、河野村の方だってそれは同じ。穴は幾つかある)

伏見はセプター4に戻り次第、それを確かめるつもりだった。

「俺がこうして呼びもどされたんだ。もう好きにはさせねえよ」

不本意だが。

彼は上司から期待されていることをよく承知していた。伏見は大きく舌打ちをすると足早に到着ロビーの方へ進み始めた。

久しぶりの日本でまた面倒ごとに巻き込まれる予感が大いにしていた。

この作品は書き下ろしです。

著者紹介

宮沢龍生《みやざわたつき》（GoRA《ゴーラ》）

小説家。ＴＶアニメ『Ｋ』の原作・脚本を手がけた７人からなる原作者集団GoRAのリーダー。著書に『汝、怪異を語るなかれ』『DEAMON SEEKERS』などがある。

Illustration
鈴木次郎《すずきじろう》

漫画家。イラストレーター。現在、ＴＶアニメ『Ｋ』を手がけた原作者集団GoRAの鈴木鈴がストーリー原作を務める『学園Ｋ』を月刊「Ｇファンタジー」にて連載中。他にコミック作品では『ひぐらしのなく頃に　祟殺し編』や『まじかる無双天使　突き刺せ!!　呂布子ちゃん』などがある。小説『ブレイブリーデフォルト Rの手帳』の挿絵、『Rの手帳　セカンド』のカバーイラストも担当している（いずれもスクウェア・エニックス刊）。

講談社BOX

KODANSHA BOX

K《ケー》 青《あお》の事件簿《じけんぼ》 上《じょう》

定価はカバーに表示してあります

2015年10月1日 第1刷発行

著者 ── 宮沢龍生《みやざわたつき》（GoRA《ゴーラ》）

発行者 ─ 鈴木　哲

発行所 ─ 株式会社講談社
東京都文京区音羽2-12-21　郵便番号 112-8001
編集 03-5395-4114
販売 03-5395-5817
業務 03-5395-3615

印刷所 ─ 凸版印刷株式会社

製本所 ─ 株式会社国宝社

ISBN978-4-06-283888-7　N.D.C.913　238p　19cm